契約妻ですが極甘御曹司の執愛に溺れそうです

プロローグ　淡い恋心への終止符

六月某日。

企業のホームページ作成を生業《なりわい》とするマキマオフィスに勤務する須永千春《すながちはる》は、打ち合わせの終盤、左手のスマートウォッチに微細《びさい》な振動を感じて視線を落とした。

母の綾子《あやこ》からメッセージが届いたらしい。

『本当に結婚するつもりなの？』

小さな画面に表示された文章に、千春はそっと息を吐いた。

「須永さん、なにか？」

声をかけてきたのは、クライアントである化粧品メーカーＴＵＹＵＫＡ《ツユカ》の広報部長である五十嵐《いがらし》涼弥《りょうや》だ。

癖のない黒髪に、高い鼻梁《びりょう》と涼しげな二重《ふたえ》の目が印象的な彼は、薄い唇の形も流麗で、完璧な容姿をしている。

整いすぎるほど整った彼の容姿は、見る者に冷淡な印象を与える。

だけど笑った時の彼が、花が咲き誇るような魅力を放つことを千春は知っている。

年齢は二十六歳の千春より四歳年上。

つい最近、三十路《みそじ》を迎えたばかりだけど、同年代の千春の兄とは比べものにならない落ち着きがあり、大人の男の色気を漂《ただよ》わせている。

「いえ。なんでもないです」

軽く首を振って、千春は目の前の仕事に意識を集中させる。

「御社の従来商品は肌に馴染みやすく、保湿効果も優れていると評価が高い反面、原料に使われている日本酒独特の香りが気になるとの声がありました。しかし今回のリニューアルで、そうした面も改善されたと伺っております。パッケージデザインを一新し、ターゲット層を広げたいとのことでしたので……」

これまでＴＵＹＵＫＡのホームページの管理は、笹波企画《ささばきかく》という大手企業が担《にな》っていた。けれど、基礎化粧品のリニューアルに合わせて、サイトも新しくすることとなり、委託先を変更する流れとなったらしい。

そして幸運にも、その委託先に千春の勤務するマキマオフィスが選ばれたのである。

大手企業からの依頼に色めき立った社内は、これを機に、ＴＵＹＵＫＡの配信動画を始めとした他のＳＮＳコンテンツの管理も任せてもらえないだろうかと、静かな野心を抱いている。

そんな社内の期待を一身に背負っている千春は、いつにない緊張を覚えつつプレゼンを進めていく。

若い女性のアイディアで自由な提案をしてほしいと言われたので、色使いや、アイコンのデザインをポップなものにすると共に、商品画像や各種リンクをクリックした際の音に遊び心を持たせてみた。

持ち込んだノートパソコンを使用しながら、丁寧に説明を続けること約一時間。一通りの説明を終えた千春は「以上になります」と頭を下げた。

「……なるほど」

涼弥が顎《あご》に拳《こぶし》を当てて呟く。

千春はその表情を見つめた。

手元の資料に視線を落とし深く考え込む彼の顔は、整いすぎていて感情が読み取りにくい。

自分のプレゼンを彼がどう思ったのか気になって、千春はジッとその様子を窺った。

同席しているTUYUKAの四人の社員も、神妙な面持《おもも》ちで涼弥が言葉を発するのを待っている。

涼弥の反応に周囲がここまで緊張するのは、彼が特別な存在だからだ。

今はTUYUKAの広報部長を務めているけれど、涼弥は『喜葉竹《きよたけ》グループ』という大企業の後継者なのである。

この会社は喜葉竹グループの子会社であり、社長は涼弥の叔父が務めていた。

涼弥がここで働いているのは、将来喜葉竹グループを任されるための社会勉強だ。

喜葉竹グループは、もともと関東に拠点を置く喜葉竹酒造という酒造メーカーだったが、現在の当主である涼弥の父が、ずば抜けた商才の持ち主だったことで流れが変わった。

涼弥の父は、国内で日本酒の消費量が低迷すると、いち早く自社製品の販路を海外に求め、業績を伸ばしていった。

その成功を足掛かりに事業を拡大し、社名も『喜葉竹グループ』と改め、他分野へも進出し、一代で会社を多角経営の大企業へと飛躍させたのだ。

千春が何故そこまで詳しいかといえば、彼女の実家も小規模ながら歴史のある一乃華銘醸《いちのはなめいじょう》という酒造会社で、喜葉竹とは事業規模がかなり違うけれど、創業した土地が同じということで、両家には多少の面識があったからだ。

といっても、千春の父が屋号から『酒造』の文字を消した喜葉竹を目の敵《かたき》にしていたため、たいした交流ではないのだけど。

父が亡くなり家業を継いだ兄の俊明《としあき》と涼弥には、多少の接点があるらしいが、千春は子供の頃に数回、彼に遊び相手をしてもらった記憶がある程度だ。

――それに……たぶん私、五十嵐さんに嫌われていたし。

そこまではいかなくとも、年下の子供の相手をするのが面倒だったのか、たまにイベント事で顔を合わせても、いつの頃からか涼弥に避けられるようになっていた。

とはいえそれも本当に幼い頃の、今から二十年近く昔の記憶である。

だから今回、千春がこの仕事を任されたのはただの偶然で、最初の打ち合わせに赴《おもむ》いた際、その場に涼弥がいてかなり驚いたくらいだ。

「……いかがでしょうか？」

沈黙に耐えかねて千春が尋ねると、涼弥は小さく頷いて視線をこちらに向ける。

「悪くない。念のため社長の意向も確認したいので、少しお時間をいただいてもいいかな？」

「もちろんです」

千春が返事をする間も、涼弥は資料を確認している。

「ウチの企業理念やコンセプトをよく理解した上で、提案してくれているのがわかるよ」

しみじみとした口調で言われた言葉に、思わず頬が緩む。

彼に認めてもらえる仕事をしたくて、これまでの経験で培《つちか》ったノウハウだけじゃなく、家業で得た知識も活かして練りに練った企画なだけに、そう言ってもらえると素直に嬉しい。

「ありがとうございます」

子供っぽいと思われないように、澄ました表情でお礼を言って、千春は片付けを始める。

それを眺めていた涼弥は、ふとなにかを思い付いた様子で声をかけてきた。

「そうだ。須永さん、少し待っていてもらっていいかな？」

それだけ言うと、涼弥は会議室を出ていった。

「マキマオフィスさんに担当が代わってから、部長の機嫌が良くて助かりますよ」

涼弥が出ていくと、彼の部下である男性社員がそう声をかけてきた。

「え？　そうなんですか？」

というか、普段の彼を知らない千春には、十分厳しい表情をしているように見えたけど、そうではなかったらしい。

思いがけない言葉に驚く千春に、男性社員が大きく頷いた。

「もともと部長は仕事に厳しい人だけど、以前の打ち合わせの時はもっとピリピリしていたから、僕たちも緊張しっぱなしだったけど、今日は空気が柔らかくて打ち合わせがやりやすかったよ」

そんなふうに言われると、変な期待をしそうになる。だけど、少し年嵩《としかさ》の女性社員の言葉に気を引き締めた。

「前の担当さんと違って須永さんは真面目だし、部長に変な色目を使ってこないから、仕事がしやすいんじゃない？」

「確かにそれはあるだろうな」

女性の言葉に、最初に声をかけてきた男性社員も頷く。

「前の担当さんと、なにかあったんですか？」

思ったことをそのまま口にすると、女性社員は口元に手を添えて、とっておきの秘密を打ち明けるような口調で話してくれた。

「部長がいい男すぎるの。仕事を円滑に進めるために多少愛想を良くするくらい普通のことなのに、相手がイケメンだとそれを忘れちゃうみたいで。仕事先の女性の中には、部長にちょっと優しくされただけで『自分は特別な存在なんじゃないか』って勘違いしちゃう人も多いのよ……」

女性はそこまで話すと、やれやれといった感じで首を振る。

「なるほど」

それはなんとなく想像がつく。

地元にいた頃も、事あるごとに涼弥がモテるという話は兄から聞いていた。

「前の担当さんもその辺を勘違いしちゃったみたいでね。仕事を口実に部長とお近付きになろうとしているのが見え見えで、部長も扱いに困っていたのよ。それでサイトのリニューアルを口実に、委託会社を変更することにしたんだけどね」

「そうだったんですね」

そのまま続けられた話に、千春はなるほどと頷く。

突然仕事の依頼が舞い込んできたのは、そういう経緯もあってのことだったらしい。

「それに比べて、須永さんは全力で仕事をしているのが伝わってくるから、俺たちも仕事がしやすいよ。これからも期待しているから」

最初に話しかけてきた男性社員が、そう話を締めくくる。

千春の場合、涼弥が自分に恋愛感情を抱《いだ》くなんてありえないとわかっているので、そんな勘違いをする心配はない。

千春が「頑張ります」と笑顔で返すと、片付けを済ませた社員が部屋を出ていく。

その背中を見送り一人部屋に残された千春は、スマホを取り出して、先ほど届いたメッセージを確認した。

『本当に結婚するつもりなの？』で始まる母からのメッセージは、『千春がそれでいいなら、お見合いの話を進めるけど、家のために無理してない？』と続いている。

「無理は……してるよね」

文面に目を走らせた千春は、深いため息をつく。

『相手の人、ウチがお世話になっている銀行の重役の息子さんで、結婚したら会社の立て直しに協力してくれるって言ってるんでしょ？　死んだお父さんも、女の子は早く結婚しろってうるさかったし、いいご縁だと思うから、進めて大丈夫だよ』

打ち込んだ文章を送信した千春は、母を安心させるために可愛いウサギのイラストを付け足す。

本音を言えば、男性と付き合った経験すらない千春にとって、結婚なんて想像もつかない話だ。

だけど……

——私が家族のためにしてあげられることなんて、これくらいしかないもんね。

千春が自分にそう言い聞かせていた時、会議室の扉が開いた。

「待たせて悪かったね」

打ち合わせの時と比べれば、若干柔らかな表情をした涼弥が部屋に入ってくる。

視線を合わせて薄く微笑まれるだけで心臓が大きく跳ねてしまうのは、千春にとって彼が初恋の相手だからだ。

そして、その仄《ほの》かな恋心は現在進行形で続いている。

地元にいた頃は、時々彼の姿を見かけることがあったし、兄を介して彼の話を耳にすることもあった。ただそれだけのことなのに、胸が高鳴るのを止められなかった。

恋愛経験のない千春にも、その感覚が恋と呼んで間違いないものだとわかる。

「須永さん？」

逸《はや》る鼓動を落ち着けようと、そっと胸を叩いていると、涼弥が不思議そうな顔をする。

子供の頃は、お互いにファーストネームで呼び合っていたけど、社会人になって再会した今は、お互いファミリーネームで呼んでいる。そのことを寂しく思いつつ、千春は首を横に振る。

「なんでもないです」

「これウチの新商品だけど、良かったら使ってみて」

涼弥は柔らかな微笑みを添えて、ＴＵＹＵＫＡのロゴが入った紙袋を差し出した。

「ありがとうございます。使わせていただいて、紹介文の参考にさせていただきますね」

ＴＵＹＵＫＡの商品はすでに愛用しているけど、彼に手渡された化粧品に特別感を持ってしまうのは、恋する乙女のお約束だ。

でも千春が紙袋の持ち手を握っても、涼弥は自分の手を離そうとしない。

そんな千春の耳元に、前屈《かが》みになった涼弥が顔を寄せてくる。

「それと、須永さんは可愛い和菓子が好きだって聞いていたから、京都のお土産《みやげ》の和菓子を入れておいた」

耳に触れる彼の息が恥ずかしくて、千春は思わず少し身を引く。

「……っ」

なにをどう答えればいいかわからず、赤面して口をパクパクさせていると、涼弥はそっと目を細めて人差し指を唇に当てた。

それは化粧品のサンプルと一緒にお土産《みやげ》が入っていることを他の人に言わないように、という意味だろう。ただそれだけのことなのに、端整な顔立ちをした彼がやるとやたらセクシーで反応に困る。

「えっと……私が可愛い和菓子が好きって、誰から聞いたんですか？」

ドキドキとうるさい鼓動が彼に聞こえてしまわないだろうかと、咄嗟《とっさ》に頭に浮かんだ疑問をそのまま言葉にする。

「俊明さんだよ」

涼弥が口にしたのは、千春の兄の名前だ。

兄と涼弥が会合などで顔を合わせているのは知っていたけど、自分のことが話題に上《のぼ》ることがあるなんて初めて知った。

しかも話を聞いた涼弥が、自分のためにお土産《みやげ》を買ってきてくれるなんて思いもしない。

——お兄ちゃん、変なこと言ってないよね？

恥ずかしくなりつつ、千春は改めて紙袋に手を伸ばした。

「ありがとうございます。こっそり食べます」

悪戯《いたずら》っぽい口調で言った千春に、涼弥はクスリと笑う。

本人にその自覚はないのだろうけど、完璧な容姿を持つ彼は、さりげない表情にさえ蕩《とろ》けるような甘さがある。

——五十嵐さんって、罪作りな人だな。

先ほどの話ではないが、仕事を円滑に進めるために、仕事相手にこういった気遣いをすることは往々《おうおう》にしてある。

それに過剰反応してしまうのは、受け取る側の妄想がなせる業《わざ》だ。

『落ち着け私』と心の中で繰り返し、紙袋を引き取ろうとするのだけど、何故だか涼弥は一向に手を離してくれない。

不思議に思って顔を上げると、涼弥は憂《うれ》いのある表情を浮かべていた。

「この前実家に帰った時に、親から先代の一周忌が無事に終わって、俊明さんが一乃華の立て直しに本腰を入れているって聞いたけど、なにか俺に協力できることはあるかな？」

彼が言う先代とは千春の父、将志《まさゆき》のことだ。

千春の実家である一乃華銘醸は、一年半ほど前に父が急逝《きゅうせい》したことで、急遽《きゅうきょ》、代師《だいし》を務めていた兄の俊明が跡を継いだのだけど、正直業績は芳《かんば》しくない。

もともと時代の流れに取り残され、右肩下がりの業績が続いていた会社ではあるが、一流の杜氏《とうじ》として知られていた父を失ったことで、その動きが加速している。

兄は業績を回復させようと頑張っているが、正直、倒産まで秒読みといったところまで来ているらしい。

涼弥が自分のためにお土産《みやげ》を買ってきて、それを口実に引き止めたのは、この話をするためだったのかもしれない。

一瞬でもドキドキしてしまった自分が恥ずかしくなる。

「……ちゃん」

「え?」

一瞬、彼に「千春ちゃん」と昔の呼び方をされたような気がして、驚いて顔を上げた。

千春と視線が合った涼弥は、切れ長の目を細めて諭《さと》すような口調で言う。

「一乃華さんとは長い付き合いだし、困った時はお互いさまだから、なにかあれば遠慮なく頼ってほしい」

今や喜葉竹は、酒造に留まることなく多角経営を成功させている大企業だ。

頼れるなら、どれほど心強いことか。

ただ涼弥は、「困った時はお互いさま」と言ってくれるけど、歴史こそあれ、今の一乃華が喜葉竹になにか返せるとはとても思えない。

ここで涼弥の厚意に甘えれば、それは一方的に頼る形になってしまうのは目に見えている。

偶然再会したにすぎない彼に、そんな厚かましいことはできない。

相手が初恋の人なら、なおのこと。

それに……

——五十嵐さんが気にかけているのは、私じゃなくて、一乃華の行く末だ。

それは当然のことだし感謝すべきことなんだけど、長年の片思いを拗《こじ》らせている千春は、成長した自分には目もくれない涼弥が面白くない。

それに、下手に優しくされると、恋心が暴走してしまいそうで怖かった。

「お気遣いありがとうございます。兄も頑張っていますし、私もできる限りのことをするつもりですから大丈夫です」

家のことは、涼弥を煩《わずら》わせるようなことではない。

今回母が持ってきた見合いを千春が受ければ、きっと今の状況を改善することができるはず。

涼弥が自分を愛してくれるなんてありえないのだから、もう実らぬ初恋からは卒業して前に進もう。

——結婚する前に涼弥さんと再会できて、こうして一緒に仕事をさせてもらえているだけでも幸せだって思わなきゃ。

自分にそう言い聞かせて、千春は丁寧に頭を下げるとＴＵＹＵＫＡのオフィスを後にした。

1　契約結婚の始め方

ＴＵＹＵＫＡで打ち合わせをした週の土曜日。関東にある実家に戻ってきた千春は、母の綾子と共に見合いの席に着いていていた。

雨こそ降っていないが、梅雨《つゆ》時らしい曇天《どんてん》の空は、まるで今日の見合いの空気を象徴しているようで気が滅入《めい》る。

祖母の代から受け継がれている友禅《ゆうぜん》の着物に身を包んだ千春は、窓から見える空を見上げ胸元の合わせ目に手を添えた。

「今日は、俊明君は同席されないのかな？」

老舗《しにせ》として知られるホテルのレストランの個室で、形式どおりの挨拶《あいさつ》を済ませるなり、先方の父親がそう聞いてきた。

「すみません。俊明は、どうしても外せない組合の会合がありまして」

相手の叱責《しっせき》するようなきつい口調に驚きながら、母の綾子が返す。

なにせ見合いが今日に決まったのは、数日前のこと。

母を介して了承の返事をするなり、こちらの都合などお構いなしに先方が一方的に今日の日取りを決めてしまったのだ。

当事者の千春でさえ、昨日の夜に慌てて里帰りしてきたくらいで、そのタイミングで見合いの報告を受けた俊明は、すでに同業者が顔を連《つら》ねる会合に参加する予定が入っており、そちらを優先せざるを得なかった。

千春も綾子もそう納得していたのだけど、相手は違ったらしい。

「父親がいないなら、代わりに長男が頭を下げるのが筋じゃないのかな?」

その横柄《おうへい》な物言いに、一瞬眉を跳ねさせた綾子だが「すみません」と頭を下げる。

どちらかと言えば気の強い母だが、家の置かれている状況を考えて、どうにか込み上げる感情を呑み込んだらしい。

千春としても、一方的に見合いの日取りを決めたり、不機嫌さを隠さない相手の態度には思うところがある。

言い方もそうだけど、兄が頭を下げるのが当然と言い切る感覚が理解できない。

確かに相手は一乃華銘醸が融資を受けている銀行の重役かもしれないけれど、今日は彼の息子と千春の見合いの席だというのに。

「躾《しつけ》がなってないな」

相手の父親は不満げに千春を睨《にら》んでくるが、兄の行動に恥じるところはない。

とはいえこのままでは相手が納得しないと判断した千春は、渋々母を真似て軽く頭を下げる。それでどうにか納得してくれたのか、ようやく食事が始まった。

――躾《しつけ》っていうなら、自分の息子はどうなのよ。

食事をする千春は、心の中でごちる。

父親と同じ銀行で働くという男は、見合いの席だというのにスーツをかなり着崩して、ろくに言葉を発することもなくスマホをいじりながら食事をしている。

最初の挨拶《あいさつ》をした際に、断りもなく千春の写真を撮ってきたので、もしかするとそれをネタに誰かとメッセージのやり取りをしているのかもしれない。そう思うと、かなり不快だ。

そんな非常識な息子の振る舞いを容認する父親に、躾云々《しつけうんぬん》などと言われたくないというのが本音である。

――どうやって育てたら、こんな人が育つんだろう？

かなり失礼な疑問かもしれないけど、人と食事をする際のマナーについて、両親に厳しく躾《しつ》けられた千春としては、首をかしげずにはいられない。

なにより今は見合いの席なのだ。相手に不快な思いをさせないよう気遣うのが、普通ではないのだろうか。

スマホから目を離さない息子に、不機嫌そうに食事をしている父親。その側に座る奥方は、背中を丸くして俯《うつむ》き、ひたすら己《おのれ》の存在を消している。

傲慢《ごうまん》に振る舞う父子は、そんな彼女を気遣うそぶりもない。

――これがこの家庭にとっての普通なのかな。

亡くなった父は、口うるさくはあったが、面倒見が良く気配りを欠かさない人だった。

人が集まり食事をする際には、母と二人でグラスが空《から》にならないよう気を配り、食べるペースが速い人に話しかけるなどして、全体のバランスを整えていた。

そんな両親を見て育ち、それが当たり前のことと思ってきた千春は、就職してから両親譲りの気配りを先輩に褒《ほ》められて驚いたことがある。

だから少しでもこの場の空気を良くしようと話しかけてみるが、気のない返事をされて、なんとも言えない気持ちになった。

どうしたものかと思いつつ食事をしていると、不意に見合い相手がこちらに視線を向けてきた。

目が合った瞬間、品定めするように視線を走らせニヤリと笑う。

肌に張り付くような粘着質な眼差しに、上手く言葉で表現できない嫌悪感が湧き上がる。

「どうかされましたか？」

なんとか表情を整えて微笑みかけると、相手は歪《いびつ》な笑みを浮かべて視線を手元のスマホに戻した。

――この人と結婚して、上手くやっていけるのかな？

この見合い話を持ってきた母によれば、一乃華銘醸が長年融資を受けている地銀の重役直々《じきじき》に

「ぜひ息子の嫁に」と言ってきたのだという。

理由としては、経費削減のため商品宣伝のポスターなどでモデル役を務めた千春の容姿を気に入ったからだとか。

もし嫁に来てくれるのであれば、須永家を悪いようにはしないし、一乃華銘醸の立て直しにも手を貸してくれるという。

相手が融資を受けている銀行の重役ということもあり、母からは「見合い話を受けるのであれば、結婚する覚悟が必要」と言われており、それなりの覚悟を持って見合いに臨《のぞ》んだつもりでいた。

けれど、早々に自信がなくなっている。

千春があれこれ考えながら食事をしていると、見合い相手が「さて」と呟き立ち上がった。

「とりあえず、彼女と庭の散策でもしてきます」

「え？」

千春は、彼と自分の前の料理を見比べる。

もともと食事のペースが遅い上に、慣れない着物姿ということもあり、千春の食事はまだ半分以上残っている。

見合いをする男女が二人で語らう時間を作るのは、見合いにおけるお約束のようなものかもしれないが、食事を中座しなくてもいいのではないか……

そんな思いを込めて見上げるが、相手は構うことなくテーブルを回り込み、千春の手首を掴んだ。

「え、ちょっとっ！」

有無《うむ》を言わせぬ勢いで千春を立ち上がらせ、そのまま腕を引いて歩き出す。

さすがに失礼だと思ったのか、背後で母が戸惑いの声を上げているのが聞こえた。

だけど、相手の父親が息子を止める気配はない。その隣の奥方に至っては、首がもげてしまうのではないかと思うほど頭を低くしていた。

そうして千春を外に連れ出した見合い相手は、景色を楽しむわけでもなく、無言のまま足早にホテルの庭園を進んでいく。

そして背の高い樹木と萩《はぎ》の茂みで周囲の視界が遮《さえぎ》られる場所まで来ると、掴んでいた手首を離し、スーツの内ポケットから電子煙草《たばこ》を取り出した。

「煙草《たばこ》を吸われるなら、喫煙所に行きませんか？」

カチリと電源を入れ加熱を待つ彼に、千春がそう提案する。しかし相手は鼻で笑い、首を反《そ》らして煙草《たばこ》を咥《くわ》えた。

そして空に向かって白い煙を吐き出しながら言う。

「喫煙所なんかで吸ったら、他のヤツの匂いがつくだろ」

バカじゃないのか。そう呟き、煙をくゆらせる。

灰色の空に煙草《たばこ》の煙が溶けていく様《さま》を見ていると、目の前の男に対する嫌悪感が抑えられなくなってきた。

自分が吐き出した煙を見るともなく見上げ、男が言う。

「それと、仕事はさっさと辞めろよ」

「え？」

「どうせ結婚したら、仕事を辞めて家事をするんだから、続けても意味はないだろう」

千春も、もし結婚して地元に戻ることになれば、今の仕事を続けられないことは理解していた。

けれど今の仕事には愛着があるし、任されている仕事への責任感もある。

結婚して地元に戻るにしても、今担当している仕事全てに区切りをつけてからのつもりでいたし、結婚後もこちらでなにかしらの仕事をする気でいた。

いくらなんでも、千春の考えを確かめることもなく、一方的に意見を押しつけられても困る。

せめて、ＴＵＹＵＫＡのホームページの仕事が終わるまで待ってほしい。

「仕事は、任されている企画もありますので、すぐに辞めることはできません」

それは譲れないと訴える千春に、相手は意地の悪い笑みを浮かべる。

「どうせ、誰にでもできる仕事をしているんだろう？　辞める会社に義理立てする必要なんかないだろ」

冷めた口調で話す彼には、千春の仕事に対する思いを理解する気はなさそうだ。

その姿に、どうしても確かめてみたくなる。

「私がどんな仕事をしているか、ご存じですか？」

その問いに、男は軽く眉を動かすだけで答えない。

見合いの形を取っているので、千春の釣書は相手に送っている。

でも、おそらく彼は、それに目を通していないのだろう。

結婚を提案しておきながら、千春を理解しようという意思が感じられない。

千春は仕事も含め、多くのことを諦める覚悟でこの見合いに臨《のぞ》んでいるのに。

——この人と、仲良く暮らせる自信がない。

というか、仲良くなれない自信がある。

しかし、千春の方からこの見合いを断るわけにはいかないのだ。だから、自分なりに感情と折り合いをつけなくちゃいけない。

「我が家の経営状況について、少し説明させていただいてもよろしいでしょうか……」

千春がこの縁談を受けた目的は、一乃華への支援にある。

だから具体的な支援内容を聞かせてもらえれば、少しはこの縁談に前向きになれるはずだ。

そう思って話を振った千春に、相手はとんでもない言葉を投げかけてくる。

「一乃華の土地は、更地にしてマンションを建てる予定だから」

「はい？」

意味がわからないと目を瞬《またた》かせる千春に、相手は饒舌《じょうぜつ》に語る。

「お前の実家、ウチにいくら借金してるかわかる？　ウチは潰れかけている酒蔵《さかぐら》にこれ以上の融資をするつもりはない。そのうち倒産して、債権《さいけん》回収で土地を取り上げられるくらいなら、今のうちに廃業した方がいいだろう。立地はいいから、賃貸マンションを建てて家賃収入を得られるようにする。そのための根回しと事業計画書はこっちで準備してやるよ」

一乃華周辺の土地は、土地開発が進んだおかげで利便性が上がり、地価が高騰《こうとう》していると聞く。古くからそこに建つ一乃華の敷地面積は広く、そこにマンションを建てれば需要はあるだろう。

しかし千春たち家族は、先祖代々受け継いだ土地や会社をそんなふうに変えるつもりはない。

「結婚したら、ウチの立て直しに協力してくれるんじゃないんですか!?」

だからこの縁談を受けたのに。

戸惑いを露《あら》わにする千春に、相手は意地の悪い笑みを浮かべて言う。

「あんな落ち目の酒蔵《さかぐら》、今さらどうしようもないだろ。お前の母親とアニキには、管理人の仕事をくれてやる。それで生活には困らないし、文句はないだろ」

「なっ……！」

どこまでも上からな物言いに、頭が白くなる。

もし千春がこの男と結婚したとしても、千春の実家の土地がこの男の物になるわけではないというのに。

あまりのことに絶句する千春の態度をどう思い違いしたのか、男は得意げな表情を浮かべる。

「オヤジの言うとおり、嫁にするなら可哀想な女に限るな。こちらの好きにできるんだから」

ククッと喉を鳴らす彼の言葉に、存在を消すようにして同席していた彼の母親の姿を思い出す。

ここまで聞けば、顔の印象が残らないほど俯《うつむ》いていたあの女性が、どんな経緯で彼の父親と結婚して、どんな夫婦生活を送ってきたかおおよその想像がつく。

「それじゃあ、話が違います……ッ」

やっとの思いでそう言い返し、踵《きびす》を返そうとした千春の手首を男が掴んだ。

そのまま強く腕を引かれて、慣れない着物ということもありバランスを崩しそうになる。

どうにか踏ん張り、体勢を保つ千春の顔に煙を吹きかけて、男が言う。

「今さら縁談を断って俺に恥をかかせたら、一乃華への融資が止まると思えよ」

吐き捨てる男の言葉に、千春の思考が凍りつく。

さすがにここまで話せば、この男に自分の人生を差し出す価値などないとわかる。けれども、一乃華銘醸のことを出されると、拒絶の言葉を口にすることができない。

家族を助けたくてこの縁談を受けたのに、とんでもない方向に話が進もうとしている。

最悪の状況を回避する術《すべ》を持たない自分の不甲斐なさに泣きたくなる。

それでも弱気な姿は見せたくないと、奥歯を噛みしめて涙を堪《こら》える千春に、男は唐突な質問を投げかけてくる。

「ところでお前、スリーサイズは？」

「え？」

ありえないくらい話が飛んだ。

そう思ったのは一瞬で、ねっとりとした男の眼差しから、その意味を理解した千春の背筋に冷たいものが走る。

敢えて意識しないようにしていたが、彼と結婚すれば、当然この男に体を求められることになるのだ。

「着物でわかりにくけど、胸のサイズはCかDってところか？」

「……っ」

ニタニタ笑いながら投げかけられる品のない問いに鳥肌が立つ。

「答えないなら、直接確認してやろうか？」

「――っ！」

――誰か助けてっ！

心の中でそう叫ぶ千春の脳裏に浮かぶのは、涼弥の顔だ。

不毛な片思いを続けるくらいなら、家族のために結婚しようと覚悟を決めたはずなのに、結婚に含まれる具体的な内容が浮き彫りになった途端、彼以外の人と結婚するなんて絶対に無理だとわかってしまった。

男が電子煙草《たばこ》をしまい、千春の着物の合わせ目に手を入れようとしてくる。その時、どこかから伸びてきた手がその手首を掴んだ。

「わっ！　痛っ！」

突然腕を捻《ひね》られた男は、悲鳴を上げて暴れた。

その弾みで手首を解放された千春が、バランスを崩して転びそうになる。だけど、素早く伸びてきた腕が、よろめいた体を支えてくれる。

「大丈夫か？」

心地よく響く低音が、そう問いかけてくる。

よく知るその声に、千春の鼓動が大きく跳ねた。

――そんな夢みたいなこと、あるはずがない。

自分にそう言い聞かせつつ後ろを仰ぎ見て、千春は目を見開く。

「五十嵐さん……どうして？」

腰に腕を回し、自分の体を支えてくれているのは、涼弥だった。

――どうして彼がここに……

思考が追いつかず目を丸くする千春に、涼弥が気遣わしげな視線を向ける。

「大丈夫か？」

涼弥はもう一方の手で見合い相手である男の腕を捻《ひね》っている。

それほど体格差があるようには見えないが、片手一本で後ろ手にねじ伏せられた男は、地面に膝をついて「痛いっ離せ」と騒いでいた。

涼弥が現れなければ、この男に胸を触られていたかもしれない。そう思うと、強い嫌悪感が込み上げてきて体が震えてくる。

「五十嵐さんが来てくれたから大丈夫……」

「間に合って良かった」

涙ぐむ千春の体を両腕で抱きしめて、涼弥はほっとした声で呟く。

と同時に、乾いた砂の上を重たいものが滑る音が聞こえた。

視線を向けると、腕を離されたことでバランスを崩した男が地面に倒れ込んでいた。

「テメエ、ふざけるなよ。人の女に気安く触れるんじゃねぇっ！」

素早く立ち上がった男は、顔を真っ赤にして涼弥に詰め寄る。

そして腕を伸ばし、千春の腕を掴もうとしてきたけれど、涼弥が身をもってそれを阻《はば》んだ。

「ずいぶんと品のない言葉遣いだな。しかも女性の扱いもなっていない。お前みたいな知性の欠片《かけら》も感じない男を、彼女が選ぶとは思えないが？」

片手で千春の肩を抱き、男との距離を取りながら涼弥が言う。

その声は冷ややかで、彼に対する嘲《あざけ》りが感じられた。

「お前、何様のつもりだよっ！」

ツバを飛ばして騒ぐ男に、涼弥は冷ややかな眼差しを向けてしばし考え込む。

すぐになにか思いついた様子でニッと口角を上げると、穏やかな口調で提案する。

「私が何者かは、貴方のお父上に確認してみたらどうですか？　お父上が勤める銀行とは付き合いもありますし、もし近くにいらっしゃるのなら、ここに連れてきたらいい」

「なんだお前、ウチから金を借りてるのか」

涼弥の言葉に、男の顔が意地悪く歪《ゆが》む。

その表情で「それでよくこんな態度を取れたよな」と思っているのがわかった。

涼弥は男の質問に答えることなく、そっと肩をすくめる。

「ウチから金を借りてとは……一銀行員の身で、ずいぶんと勘違いした発言ですね」

明確な嘲《あざけ》りを含んだ涼弥の声に、男がグッと奥歯を噛んだ。

怒りで紅潮する見合い相手の顔を見て、千春は慌てて仲裁に入る。

「この人は、関係ありません……」

涼弥の素性を知られないように、言葉を選ぶ。

さすがに涼弥の会社は、この銀行から融資を切られたくらいで倒産することはないだろうけど、面倒事に巻き込むわけにはいかない。

だけど男は千春の言葉を無視して「ここで待ってろよっ！」と吐き捨てると、足早にその場を去っていった。本当に父親を呼びに行くつもりらしい。

「待ってくださいっ」

慌ててその背中を追いかけようとした千春の体を、涼弥が両腕で抱きしめる。

「ほっとけばいい。そんなことより、千春ちゃんは大丈夫？」

不意に昔のように下の名前で呼ばれて、鼓動が大きく跳ねる。

「はい。涼弥さんが、来てくれたから」

彼につられて、千春も昔のように彼の名前を口にする。

「そうか。良かった」

心から安堵した様子の涼弥を目にした途端、千春の緊張の糸が切れた。

膝の力が抜け、その場に崩れ落ちそうになる。そんな千春の体を涼弥が抱き留めた。

「千春ちゃんっ！」

自分を支える彼の手を握りしめても、指先の震えを抑えることができない。

涼弥は、そんな千春の体をもう一度抱きしめてきた。

まるで自分の腕の中に千春がいることを確かめるような力強い抱擁《ほうよう》に、守られている安心感を覚える。

「あの、五十嵐さんは、どうしてここに？」

少し気持ちが落ち着いたことで、冷静な思考が戻ってくる。千春は、彼の呼び方をいつもどおりに戻して聞く。

支えてもらわなくても、もう大丈夫と、彼の腕を軽く押して自分の足で立つ。

適切な距離感に戻ったのに、涼弥が若干不満そうな顔をしているのはどうしてだろうか。

なにか失礼なことをしたのだろうかと、首をかしげる千春を見て、涼弥は少し乱れた前髪を整えて答える。

「俊明さんから、今日、君が見合いをすると聞いた」

「ああ……」

兄は今日、地元の酒造メーカーの会合に出席している。喜葉竹グループの跡取りとして、涼弥もそれに出席していたらしい。

「そこで、君の見合い相手がどんな人間か知っているかと聞かれたよ。俊明さんは、今回の見合いについて、かなり心配していた」

父の急逝《きゅうせい》後、どうにか一乃華の業績を回復しようと奔走《ほんそう》している兄に、これ以上心配をかけたくなくて、見合いのことはギリギリまで伏せておくよう母に頼んでいた。

それでも兄は千春のことを心配して、涼弥に相談したらしい。

「あの男は、父親の権力を笠《かさ》に着て、新人行員や小規模事業主に圧をかけて追い込むことに生きがいを感じるような性悪だし、父親の方も決して好感の持てるタイプではない。見合いの目的はだいたい俊明さんから聞かせてもらったけど、結婚したところで、須永さんが願っているような結果は得られないと思うよ」

「そう……ですね」

見合いの途中から、千春もそのことは察していた。けれど相手が一乃華のメインバンクの重役なだけに、千春にはこの先どうすればいいのかわからなかった。

「あんな男と結婚して、幸せになれると思うか？」

「……私はただ、家を守りたかっただけなんです」

諭《さと》すような涼弥の言葉に、細い声でそう返すことしかできない。

結局、家族によけいな負担をかけることになってしまった。

うなだれる千春の手首を、涼弥が掴んだ。

驚いて顔を上げると、涼弥の方へと引き寄せられる。

「五十嵐さん……、あの？」

端整な彼の顔は、間近で見ると一段と美しく、そんな場合じゃないと思いつつも目が離せなくなる。

戸惑う千春の目を見つめ、涼弥は癖のある笑みを浮かべて、ある提案を口にした。

「須永さん、どうだろう、俺と取引をしないか？」

「取引？」

突然の申し出に、理解が追いつかない。

丸い目をさらに見開いてキョトンとする千春に、涼弥が言う。

「俺の条件を呑んでくれるなら、一乃華に影響がないようにこの見合いをなかったことにしてあげるし、家の立て直しにも協力しよう」

涼弥が並べる好条件のカードに、思わず息を呑む。

「条件は、なんですか？」

なにを引き換えにすれば、それを叶えてもらえるのだろう。

自分のできることならなんでもすると、祈るように見つめる千春に、涼弥は思いがけないことを口にした。

「家のためにあんな男と結婚するくらいなら、俺と結婚しないか？」

「はい？」

予想外の提案に、素《す》っ頓狂《とんきょう》な声を上げてしまう。

そんな千春の反応を楽しむように、涼弥は上品に口角を持ち上げる。

「こう言っては失礼かもしれないが、ウチが一乃華の土地や財産をあてにすることはない。だから約束を違《たが》える心配をする必要はない」

確かに大企業である喜葉竹グループに、一乃華が勝《まさ》るところなどない。強《し》いて言うなら、一乃華の方が蔵の歴史が長いことくらいだ。

涼弥の人柄を考えれば、もとよりその心配はないのだけど。

「でも……」

だからこそ、彼が何故自分との結婚を望むのかわからない。

まさに今、同じような条件の見合いに飛びついて、痛い目に遭っているところなので、どうしても警戒心が働く。

千春が答えられずにいると、男が二人、声を荒らげながらこちらへ近付いてくる気配がした。

見合い相手の男が、本当に父親を呼んできたらしい。

父親に向かってなにか捲《まく》し立てている男の声に気を取られていると、涼弥に腕を引かれてバランスを崩した。

「——っ」

前のめりになる千春の体を素早く抱きしめて、涼弥は挑発的な表情で聞いてくる。

「考えている暇はないようだが、どうする？」

綺麗に持ち上がった口角に、彼のしたたかさを感じる。

きっと涼弥は、千春がどちらを選ぶのかすでにわかっているのだろう。

——結婚するなら、涼弥さんがいい。

さっき、咄嗟《とっさ》に胸に浮かんだ本心を再確認した千春は、覚悟を決めて涼弥を見上げる。

「五十嵐さんのご提案を、お受けしたいと思います」

千春の言葉に、涼弥が満足そうに目を細める。晴れやかなその表情は魅力的で、そんな状況じゃないとわかっているのについ見惚れてしまう。

「では、交渉成立ということで」

涼弥は狩りに成功した獣のような誇らしげな表情を浮かべると、千春の背中に回した腕でそのまま強く抱き寄せた。

「おいっ！　お前、人の女になにしてるんだっ！」

「須永千春、ウチの息子に恥をかかせて、家がどうなるかわかっているのかっ！」

駆けつけるなり、親子が揃って怒声《どせい》を上げる。

家のことを引き合いに出され、思わず肩を跳ねさせる。そんな千春の耳元に顔を寄せ「大丈夫だ」と囁《ささや》いた涼弥は、二人に冷めた視線を向けた。

「彼女が誰のものだと？」

不快さを隠さない涼弥の声に、息子の方は「ああ？」と不機嫌に眉を跳ねさせる。けれど、父親は彼の顔を見るなり表情を一変させた。

緊張した面持《おもも》ちですぐさま息子の肘を掴んで合図を送るが、息子の方はそれを無視して涼弥に詰め寄る。

「は？　コレに決まってるだろ」

そう言って男が千春に腕を伸ばしてくると、涼弥は素早く千春を背に庇《かば》う。

そして伸びてきた男の腕を取り、あっさりとねじ伏せた。

「痛ッ」

後ろ手に腕を捻《ひね》られた男は、痛みに顔を歪《ゆが》めて地面に膝をつく。

「オヤジ、警察を呼んでくれ。立派な傷害事件だ」

腕を捻《ひね》られたまま騒ぐ男性は、涼弥に攻撃的な眼差しを向けている。

けれど彼の父親が、息子に同意する気配はない。

「警察を呼びますか？」

涼弥は、冷めた眼差しを父親に向けた。

膝をつく息子に合わせて腰を屈《かが》め、上目遣いで父親を見つめる彼の顔には「できるものならやってみろ」と書いてある。

どこまでも強気な涼弥の態度を見れば、この場の主導権が誰の手にあるのかは一目瞭然《いちもくりょうぜん》だった。

「と、とんでもない。……五十嵐様、ご無沙汰しております」

騒ぐ息子には目もくれず、父親が卑屈《ひくつ》な愛想笑いを浮かべる。

「おや、お会いしたことがありましたか？」

「五十嵐……って、まさか喜葉竹グループの？」

涼弥の苗字を耳にしたことで、息子もピンとくるものがあったらしい。涼弥の会社の名前を口にして、一気に顔を青くする。

相手が戦意を喪失したのを見て、涼弥は息子から手を離した。

よろよろと立ち上がった息子に構うことなく、父親は自分の勤める銀行の名前と、自身の役職を涼弥に伝える。

「失礼。喜葉竹がメインバンクを都市銀行に移してから、そちらの銀行には祖父の代に懇意にしていた頭取さんの顔を立て一部の個人資産をお預けしているだけなので。たいした肩書きでもない行員さん一人一人の名前までは覚えていなくて」

見合い相手の父親の役職を確認した上で、涼弥はさらりと言ってのける。

「いえいえとんでもない。これを機会にぜひ覚えていただければ」

先ほど千春親子に見せていた横柄《おうへい》な態度を引っ込めて、どこまでも低姿勢に出る相手に、涼弥はさらなる毒を吐く。

「ええ、覚えました。今日の夜にでも、そちらの担当者に今日のことを報告させていただきます。貴方方親子の態度があまりにも目に余り、そのような行員がいる銀行は信用できないので、預けている資産を全て他行に移させてもらう旨、きっちり伝えさせていただきます」

「そんなっ！　困りますっ」

経営資金のために銀行から借り入れをしている一乃華と違って、涼弥は資産を預けているだけなのだろう。そして相手の態度を見るに、その額は相当なものらしい。

「ああ、中途半端に担当者を間に入れて間違った情報が伝わるのも良くないですね。人が間に入ると、話が歪《ゆが》んで伝わることが多々ありますから。それは、私としても不本意です」

「……」

涼弥の言葉に、相手の表情が一瞬和《なご》む。

長い指で自分の顎《あご》のラインをなぞり、少し考えるそぶりを見せた涼弥は、名案が思い付いたといった感じで言う。

「融資の打ち切りをちらつかせて若い女性に婚姻を迫るなんて、行員の風上《かざかみ》にも置けない。私から、しっかり頭取に伝えておきます。彼はそういった横暴を許す人ではないので、必ず正しい判断をしてくれるでしょう」

「ま、待ってください！　それだけは……」

冷静に考えれば、涼弥の言うとおり、そもそも銀行の資産は彼ら親子の物じゃないのだから、この男との結婚によって融資の条件が変わるはずがないのだ。

なにより、融資の打ち切りを盾に縁談を無理強《じ》いするなんて、公私混同も甚《はなは》だしい。

「悪評が広まる前に、今後の進退について考えておくことをお勧めします」

情けない声を上げる相手に対して、涼弥はどこまでも容赦ない。

言葉遣いが丁寧なだけに、彼の怒りの度合いが伝わってきて怖いくらいだ。

「あの……これは？」

一足遅れで駆けつけた綾子が、戸惑いの声を上げる。

涼弥の存在に気付いた綾子は、「喜葉竹さんのとこの……？」と、怪訝《けげん》そうな面持《おもも》ちで彼に曖昧《あいまい》な会釈《えしゃく》を送る。彼がこの場にいることが、不思議でしょうがないのだろう。

涼弥の方はといえば、礼儀正しく綾子に頭を下げて事情を説明する。

「ご無沙汰しております。突然のご挨拶《あいさつ》になってしまい申し訳ないのですが、最近、仕事を介して千春さんと再会し、彼女の人柄に惹かれて五十嵐家に嫁いでいただきたいと考えておりました。内々に家長である俊明さんと見合い話を進めていた矢先、彼女が他の男性と見合いをすると聞きまして。せめて縁談が纏《まと》まる前に、彼女の意向だけでも確認したいと思い駆けつけた次第です」

「まあ、そうなの？」

二人が仕事を介して再会したこと以外は全くの作り話を、涼弥がまことしやかに語る。さらには、驚いて目を丸くする綾子にニッコリと微笑みかけてこう付け足した。

「一乃華さんとは旧知の仲ですし、可能な限りの支援も考えております」

それを聞いた瞬間、綾子の表情が一気に明るくなる。

「千春、貴女どちらの話をお受けするの？　貴女の好きにしていいのよ。お断りする方には、私も一緒にお詫びするから」

そう言いつつ、綾子は蒼白になっている行員親子に冷めた視線を向けた。

言葉としては質問の形を取っているけど、顔に「涼弥さんを選ぶわよね」と書いてある。

母も、先ほどの親子の態度にかなり気分を害していたようだ。

「せっかくのご縁でしたが、お断りさせていただきます」

一応の礼儀と思い、青ざめて表情を失っている親子に頭を下げた千春は、次に涼弥を見上げた。

涼弥が自分との結婚になにを求めているのかはわからないけれど、この男と結婚するよりよっぽどいい。

なにより千春は、涼弥以外の人との結婚なんて考えられないのだから。

「ふつつか者ですが、どうぞよろしくお願いいたします」

感謝の思いを込めて千春が頭を下げると、涼弥はニッと口角を上げる。

「こちらこそ」

そう言って笑顔で頷いた涼弥は、気配を消してこの場を去ろうとしていた親子に視線を向けた。

「私は記憶力には自信がありますから、貴方方親子が、私の妻になる人におこなった所行《しょぎょう》を一生忘れませんので」

もちろん、どのような職業に転職されても。と、かなり粘着質な嫌味を付け足して、上品に笑う。

——悪魔の微笑みだ。

今まで気付かなかっただけで、涼弥はなかなかにいけずな性格をしているのかもしれない。

涼弥の笑顔に、二人は「ヒッ」と小さな悲鳴を上げて、全力で走り去っていった。

「あら、逃げ足の速い。母親としてお詫びをする暇もないわね」

脱兎《だっと》のごとき勢いで駆けていく親子の背中を見送り、綾子がすっきりした様子で皮肉を言う。

「謝罪する価値もないですよ」

それに対し、さらりと毒を吐くのは涼弥だ。

彼の言葉に、綾子は口元に手を添えてたおやかに笑う。

歴史ある酒蔵《さかぐら》に嫁ぎ、父と共に職人たちを束ねて店を切り盛りしていた母も、敵と見なした相手には容赦がない。

途中、勢いのあまりバランスを崩して転がる銀行員親子の背中を見ていると、なかなかことをされたのに、若干気の毒になってくる。

親子の背中が見えなくなったところで、「さて」と呟いた涼弥が千春に右手を差し出してきた。

「では改めて、これからよろしく」

なかなかにしたたかな彼の一面を見せられた後では、美しく魅惑的な悪魔を前にしているような気分になるけれど、もう契約は交わしてしまったのだ。

だから千春は、差し出された手を迷わず取った。

「よろしくお願いいたします」

千春が上目遣いにそう言うと、涼弥がそっと微笑む。

いつの間にか雲が流され、光の筋が差し込んでいる。

光のカーテンを背に自分の手を取る涼弥は、神々《こうごう》しい存在にも、悪だくみを楽しむ悪魔のようにも見えた。

◇　◇　◇

「本当に、私と結婚していいんですか？」

都内に戻るために車を走らせていた涼弥は、助手席で難しい顔をしている千春の言葉に苦笑を浮かべた。

曇天《どんてん》模様の昨日とは打って変わり、今日は快晴で一面の青空が広がっている。

そんな天気に気を良くしたわけではないが、ハンドルを握る涼弥の心は軽い。

千春の見合いに乱入して、契約結婚を持ちかけたのは昨日のこと。

慌ただしく婚約した彼女と今後について話し合うため、涼弥の運転する車で一緒に都内に戻ることにした。けれど車に乗り込んだ千春は、ずっと難しい顔で黙り込んだままで、やっと口を開いた第一声が、それだった。

今の彼女の心情は、突然捕獲され、ケージに放り込まれて戸惑う小動物に近いのかもしれない。

見合いに乱入してきた男とその場で婚約したのだから、無理もないのだけど。

「すでに両家の承諾も受けたし、あとは婚姻届に判を捺《お》すだけだろ？」

千春の母は、あの場ですでに二人の結婚を認めていたし、その後駆けつけた兄の俊明も、「また変な男と見合いするくらいなら」とあっさり承諾してくれた。

涼弥の両親は、どちらかといえば放任主義で、もとより息子の結婚に口出しをするタイプではない。涼弥が結婚の意思を固めただけで大喜びしていたくらいだ。

しかも相手が昔から知っている千春と聞いて、諸手《もろて》を挙げて喜んでいた。

両親がこの縁談を喜んでいるのは、千春を始めとした須永家の人柄を好ましく思っているからだろう。

だから二人の結婚を妨《さまた》げるようなものはなにもない。

さすがに展開が急すぎて、両家の顔合わせは後日改めてすることになったが、二人の関係はすでに両家が認めた婚約者なのだ。

「そうなんですけど……本当に私でいいんですか？」

その不安そうな表情に庇護《ひご》欲をかき立てられる。

だがそれ以上に、たとえ彼女自身にも、その存在を卑下《ひげ》するような言葉を口にしてほしくない。

なにより千春がそんな表情を浮かべるということは、強引な手段で縁談を進めるほど彼女を求めていた自分の気持ちが、伝わっていないということに他ならない。

「なんでそう思う？」

小さくため息を漏らしてそう問いかけると、千春は真剣な面持《おもも》ちで答えた。

「それは……一乃華銘醸の経営は厳しい状態だし、私は、どこにでもいる普通の会社員で、五十嵐家に嫁ぐのに相応《ふさわ》しいとは思えないからです」

「じゃあ、あのいけすかない銀行員なら、君の夫に相応《ふさわ》しいと？」

返した言葉に千春が唇を噛む。

少し意地の悪い物言いになってしまうのは、自分は近くで彼女が頼ってくれるのを待っていたのに、彼女は自分を頼ることなくろくでもない男との結婚を選んだからだ。

千春の選択に、どうして自分じゃ駄目なんだと胸が苦しくなる。

込み上げる感情の持って行き場所がわからず、涼弥は深いため息を漏らした。

昨日はさも初対面のフリをしたが、見合い相手の父親のことは知っていたし、親子揃っての悪評も耳にしていた。

そんな男との縁談を進めるなんてありえないと、見合い現場に押しかけたら、とんでもない場面に出くわした。

あと少し自分の到着が遅かったらと思うと、今でもゾッとする。

同時に千春にとって自分は、あんな男にも劣る存在なのかと思うと、言いようのないやるせなさが込み上げてきた。

湧き上がる苦い感情をどうにか堪《こら》えて、助手席で難しい顔をしている千春を盗み見た。

長い髪をアップに結い上げ、ほっそりとした首筋を強調している彼女は、女性としての魅力に溢《あふ》れている。メイクや服装は年相応に大人びているが、形のいい二重《ふたえ》の目には子供の頃の面影《おもかげ》が見て取れた。

——懐《なつ》かしいな。

同じ地域の同業者ということで、子供の頃は、千春ともそれなりに交流があった。

とはいえ、職人気質《かたぎ》の千春の父・将志の目には、多角経営の喜葉竹グループのやり方は節操がないものに映ったらしく、五十嵐家の人間はかなり嫌われていたように思う。

いつだったか、自分と一緒にいたことで、千春が将志にひどく叱られているのを見てしまった。

それ以来、自分といることで千春が怒られるのは悪いと思い、顔を合わせても会釈《えしゃく》をする程度で距離を置くようにしていた。

だが、そんな彼女との関わりも自分が高校に入るまでのもので、勉強や部活が忙しくなると親に付き合うこともなくなり、彼女を遠目に見ることさえなくなっていた。

しかし、どれだけ時間が過ぎても、不思議と彼女の存在を忘れることはなかった。

就職してからは、千春の兄と話す機会が増え、彼を通じてある程度は千春の近況を把握していた。

どこの大学に進学したとか、どこの会社に就職したとか、彼女の近況を耳にする度に、不思議なほど心が満たされていた。

千春の存在に触れた時にだけ感じるその感覚が恋であると理解したのは、海外出張中だった父に代わり将志の葬儀に参列した時だった。

葬儀の時、千春は目を真っ赤にして肩を震わせていた。

それでも参列者の一人一人に丁寧に頭を下げる彼女の姿を見た時、涼弥の中にあった仄《ほの》かな恋心が、強い愛情に変わったのがわかった。

『愛おしい』という感情がどういうものであるか、彼女を通してはっきりと理解することができた。

少し前までは、千春がどこかで元気でいるならそれでいいと思っていたのに、いつしか彼女を支えるのは自分でありたいと思うようになり、偶然を装《よそお》って再会してからは、ずっと彼女との距離の詰め方を探っていた。

そして昨日、自分はようやくチャンスを手に入れたのだ。

――君を愛している。君以外の女性との結婚なんてありえない。

胸に宿る思いをそのまま口にできたら楽なのだが、これまでずっと他人行儀な態度で距離を取ってきただけに、彼女にとっては迷惑な話なのかもしれない。

失敗の許されないゲームに挑むような気持ちで、千春の心を手に入れるための戦術を組み立てていく。

指の腹でハンドルを叩きながら、涼弥は考えを纏《まと》めた。

「まだ内々の話だが、近く本社に戻ることが内定している。それもあって、周囲が結婚しろとうるさくなっていたんだ。だから、君に見合い話を持ちかけるつもりだったというのは本当なんだよ」

近く本社に戻るのは事実だが、別に結婚を急《せ》かされてはいない。

ただ、本社に戻るまでに彼女との関係に進展がなければ、本気で須永家に見合いを申し込もうと考えていた。

その際に用意していた口実を、涼弥はそのまま口にした。

だけど納得がいかなかったのか、バックミラー越しに確認した千春の表情は硬い。

「どうして私なんですか？　五十嵐さんなら、私じゃなくても、もっといい条件の縁談がたくさんあったんじゃないですか？」

家柄とか、見た目とか、学歴とか……と、小さな声で言葉を続ける千春には、迷いの色が滲《にじ》み出ている。

私じゃなくても……その言い方が、体良《ていよ》く見合いを断る常套句《じょうとうく》に聞こえてしまうのは、長年の片思いを拗《こじ》らせた末の被害妄想だろうか。

昨日はその場の勢いで結婚を承諾したが、一夜明けて冷静さを取り戻した途端、自分との結婚を後悔しているのではないかと不安になる。

「まあ、確かにそういった話はいくつかあったよ……」

隠すほどの話でもないので、事実は事実と認めて千春を納得させるための言葉を探す。

「ただ仕事絡みの縁談の場合、下手な相手を選ぶと、パワーバランスが崩れて思わぬ軋轢《あつれき》を生むことになりかねない。それに姻戚関係を口実に仕事に口出しされるのも面倒だ。……その点、古くから付き合いがあり、信用の置ける家の娘さんが相手ならば、誰の面目《めんぼく》を潰すこともないし、今後縁談を断る面倒からも解放される」

その説明に、千春がそっと息を吐く。

「確かにウチの家族が、喜葉竹さんの仕事に口を出すなんてありえないですもんね」

どこか自虐《じぎゃく》的な彼女の言葉に、涼弥はそういう意味ではないと首を横に振る。

「そんなふうに、自分や実家を卑下《ひげ》するような話し方をするな。俺は、君と結婚することで、一乃華銘醸を守る手伝いをさせてもらえることを嬉しく思っているんだ。一乃華銘醸にはそれだけの価値がある」

「え？」

「俺は一乃華銘醸の造る酒が好きだ。先代は気難しい人ではあったけど、腕のいい杜氏《とうじ》で尊敬していた。その意思を継ぐ俊明さんも、経験が足りないだけでいい職人だ。同業者として、一乃華銘醸を存続させる手助けをさせてほしいと思っている」

それは嘘偽りのない、涼弥の本音だ。

世界的シェアを持つ喜葉竹と比べれば、一乃華銘醸の事業規模は小さい。いわゆる地方の地酒といった扱いである。

千春の父である将志は、腕はいいが職人気質《かたぎ》の商売下手で、時流に上手く乗れずに売り上げが年々下降傾向にあった。それでも根強いファンを持つおかげで、一定数の売り上げを維持することができていた。

だが将志が肺炎で急逝《きゅうせい》し、まだ若い俊明が杜氏《とうじ》になったことでファンが離れ、売り上げが一気に降下して危機的状況に陥《おちい》っている。

しかし、俊明の努力家で勤勉な人柄を知る涼弥としては、それは一時的なものと判断している。

今の客離れは、世代交代の通過儀礼のようなものだ。

おそらく数年もすれば、俊明の腕が認められ、間違いなく売り上げは回復するだろう。

そう確信しているからこそ、一時期の苦難を乗り越える蓄《たくわ》えがないというだけで、一乃華銘醸が潰れるなんて事態を見過ごすことはできない。千春のことを抜きにしても、できる限りの協力をするつもりでいた。

「ありがとうございます」

「こうなったのもなにかの縁だ。結婚相手は俺で妥協しておけ」

涼弥は冗談めかした口調で千春の同意を誘う。

その言葉に、千春は「妥協なんて……」と困ったように笑った。

自分の隣で千春が笑っている。

ただそれだけのことで、どうしようもない多幸感に包まれる。

これほど愛おしく思える人を側で支える権利を、自分は手に入れることができたのだ。

その幸運を大事にしつつ、時間をかけて二人の関係を深めていけばいい。

「一乃華を高く評価してもらえて嬉しいです。偶然とはいえ、仕事で五十嵐さんと再会できた私はラッキーでしたね」

「ラッキーだったのは、俺の方だよ」

心からの自分の言葉に、千春はぎこちなく笑う。

ただの冗談として流された気がしないでもないが、今はまだそれでいい。

彼女とは、これから長い人生を共に歩んでいくのだから。

涼弥は涼しい顔でウインカーを出し、休憩のために車をサービスエリアに進める。

助手席に座る千春は、二人の再会を偶然と思っているようだが、実際は涼弥が仕組んだものだった。

これまで委託していたホームページの製作会社は大手で顧客も多く、データ解析がしっかりしていて悪くはなかった。

ただ担当者に思うところがあったのと、画一的なホームページのレイアウトに物足りなさを感じていたこともあり、商品をリニューアルするタイミングで委託業者を変更することにした。

その際、涼弥はさりげなく千春の勤める会社を指名した。

そして先方には、親会社の喜葉竹グループが酒造メーカーであり、TUYUKAの商品もそのノウハウが活かされていることを理由に、「もし日本酒の知識に明るい人がいるのであれば、その方にお願いしたい」と伝えておいた。

TUYUKAが化粧品メーカーであることを考えれば、女性が担当する確率は高かったし、そこに『日本酒の知識に明るい人』という条件を加えれば、おのずと任せる人材はしぼられる。

そんな涼弥の思惑どおり、最初の打ち合わせの場に、上司と共に千春が姿を現した。

あの日、偶然の再会に驚く千春に合わせて、驚いたフリをした自分のしたたかさに苦笑するしかない。

そうやって、強引に運命の糸を手繰《たぐ》り寄せて半年。その間、千春はどこまでもビジネスライクで他人行儀だった。

同郷なのだから、実家が同業者なのだから、と理由をつけては、自分を頼るように水を向けてみたが、その度に社交辞令として流されて、一向に距離を詰めることができずにいた。

もしかしたら、こちらの思惑に気付いて警戒されているのではないか、と内心気が気じゃなかった。

「さて、俺は不要な軋轢《あつれき》を生まずに結婚をしたい、君は家を守りたい。お互いの利害関係の擂り合わせはできたようだし、そろそろ前向きなことに話題を移そうか」

車を空《あ》いていた駐車スペースに停めて言う。

「前向きなこと？」

シートベルトを外した涼弥は、小さく首をかしげる千春に視線を向ける。

「住む場所をどうするか、仕事をどうしていくか、これから始める生活のために話し合うべきことは、いくらでもある」

せっかく手に入れた花嫁を逃してなるものかと、涼弥は一気にたたみかける。

その言葉に、千春が戸惑いつつも頷く。

「確かにそうですね」

少しは状況を受け入れられたのか、「五十嵐さんの譲れない条件を教えてください」と切り出した。

そんな彼女に、涼弥は最も譲れない条件を口にする。

「結婚生活は、なるべく早く始めたい」

千春の方へ身を乗り出し、彼女のシートベルトの留め具を外した。

「え？」

しかし千春がベルトを掴んでいたため、完全に外れることはない。

「その方が、一乃華への援助がしやすくなる」

その言葉に、ベルトを掴む千春の手に力が入る。

数秒、なにかを考えていた様子の千春は、コクリと頷いた。

「わかりました」

そう言ってベルトから手を離した彼女の目に、もう迷いの色はなかった。

涼弥は眩《まぶ》しいものを見るような気持ちで、そっと目を細める。

親の背中を見て育った千春は、たおやかに見えて芯が強い。

『私なんかが……』と自分を卑下《ひげ》するようなことを口にした千春だが、涼弥に言わせれば、彼女の芯の強さは経営者の妻に向いていると思う。もちろん、涼弥は彼女に苦労をさせるつもりはないが。

ただただ、自分のかたわらで幸せそうに笑って暮らしてほしい。

覚悟が決まったのか、千春が居住まいを正して頭を下げる。

「至らないところもあると思いますけど、五十嵐さんのいい奥さんになれるように頑張ります」

どんな形であれ、彼女が結婚を前向きに受け止めてくれたのなら喜ぶべきだろう。

そう思いつつも、この結婚を義務的なものとして扱われるのは面白くない。

涼弥は膝の上に行儀良く揃えられた千春の片手を取り、自分の方に引き寄せた。

そして驚く彼女に構うことなく、その手の甲に口付ける。

「いい妻になる第一歩として、まずは苗字で呼ぶのをやめようか。近いうちに、君も五十嵐になるのだから」

昨日、咄嗟《とっさ》に千春を昔の呼び方で呼んだ涼弥につられて、彼女も自分のことを「涼弥さん」と呼んでくれた。それなのに、いつの間にか苗字呼びに戻っていたことが、密かに面白くなかったのだ。

手の甲に唇を触れさせたまま上目遣いで彼女を見れば、その頬がみるみる朱色に染まっていく。

「え、あの……りょ……涼弥さん」

頬どころか耳まで赤くして自分の名前を口にする千春の姿に、涼弥はニッと口角を上げる。

名前を口にするだけで、ここまで恥じらう彼女の初々《ういうい》しい反応が愛おしい。

このまま抱きしめて唇を奪いたい衝動に駆られるが、それで引かれては元も子もないので我慢する。

涼弥がもし自分の性格を一言で表せと言われたら、よく言えば『一途』、悪く言えば『執念深い』という言葉を選ぶだろう。

自分はどんなことをしても千春を手に入れる気でいたし、もし手に入れることができたら手放すなどありえないのだ。だが、それを知らない彼女に、情熱的なこの思いを正直に伝えて引かれるのはさすがに避けたい。

千春が近くにいる自分ではなく、他の男との見合いを選んだのなら、こちらもとりあえずは契約結婚のスタンスを保っておくことにする。

あとは時間をかけて、本物の夫婦になればいい。

なにせ死が二人を分かつその瞬間まで、自分は千春を手放す気はないのだから。

「よろしく。俺の奥さん」

甘い声で囁《ささや》いて、涼弥は彼女の手の甲に再度口付けを落とす。

一瞬、千春の手がビクリと跳ねたけれど、涼弥は気付かないフリをした。

——絶対に逃がさない。

そう心で誓いながら、千春に上目遣いで視線を向けた。

2　甘い新婚生活

七月七日。

七夕《たなばた》のその日、千春は仕事を休んで引っ越し作業にいそしんでいた。

見合い現場に乱入してきた涼弥の提案を受け、彼と契約結婚することを決めたのは約半月前のこと。

もとから両家に付き合いがあったこともあり、家族の反対もなく、二人の結婚はあっさり認められた。

急に纏《まと》まった縁談のため、式は涼弥が喜葉竹グループの本社に戻ってから執《と》りおこなうことになっているが、涼弥の希望で、先に籍だけ入れて一緒に暮らすことになった。

そのため千春は入籍と共に、彼が所有するマンションに引っ越してきたのである。

使っていない一部屋を自室にすればいいと言われたので、とりあえず持ち込んだ荷物を全てその部屋に運び込んだ千春は、マンションとは思えない高い天井《てんじょう》を見上げて唸《うな》る。

「なんか、生活レベルが違いすぎる……」

酒造会社社長の娘といっても、一乃華銘醸は地方の小さな酒造メーカーだ。一般的なサラリーマン家庭よりは豊かだったかもしれないけど、両親共に堅実な性格をしていることもあり、将志が健在だった頃から至って庶民的な生活をしていた。

就職して自立している千春の暮らしぶりも、同世代で一人暮らしをしている人たちとなにも変わらない。

それに比べて、これまで涼弥が一人で暮らしていたここは、駅から徒歩五分という好立地にあるのに敢えて高さを抑えた低層マンションで、都会的でシャープな外観をしている。

ホテルのフロントさながらのロビーにはコンシェルジュが常駐していて、外出時のタクシーの手配から、クリーニングの受け渡しといった雑事まで頼めるのだそうだ。

その全てが庶民的な千春の生活からかけ離れていて、自分がこの暮らしに馴染めるのか早々に不安になる。

「千春、なにか手伝うことはある？」

片付けの手を止めてぼんやりしていた千春は、扉口から顔を覗かせた涼弥に大きく首を横に振る。

「だっ、大丈夫です」

涼弥が当然のように、名前を呼び捨てにする。

ただそれだけのことにも、長年彼に片思いをしてきた身には、破壊力が半端じゃないのだ。

子供の頃には「千春ちゃん」と呼ばれていたこともあったけど、「ちゃん」付けがなくなっただけで、耳に届く声の響きまで全く違って聞こえてしまう。

婚約という名の契約成立から今日まで、引っ越しの準備や会社への結婚報告など慌ただしい日々を過ごしていた。その間、涼弥とろくに話す暇がなかったせいもあり、呼び捨てで名前を呼ばれただけでドキドキしてしまう。

もちろん二人の関係はまだ清いままで、キスはおろか手を数回握ったことがあるだけだ。

——落ち着け私っ！　これから夫婦として一緒に暮らしていくのに、名前を呼ばれただけで動揺してどうする!?

心の中で、焦る自分を叱咤《しった》する。

午前中に二人で区役所に婚姻届を提出して、自分は彼の妻になったのだ。

名前を呼ばれたくらいで、いちいち舞い上がっていたら身がもたない。

そうは思うのだけど、自分の名前を口にする彼の声が、甘い響きを含んでいるような気がして、恥ずかしい。

「私は明日も休みだし、片付けはゆっくりやっていきます。だから涼弥さんは、ゆっくりしていてください」

千春は結婚するにあたり、有休消化も兼ねて三日の連休をもらっていた。

一緒に婚姻届を提出するために、涼弥も今日は仕事を休んでいる。

千春は引っ越しや公的書類の書き換えなどがあるが、普段忙しい涼弥には、せっかくなら自分のために時間を使ってもらいたい。

彼の目を見るのが恥ずかしくて視線を落としたままそう言うと、涼弥が息を吐く気配がした。

「わかった。じゃあ、少し買い物に出るけど、ついでに買ってきてほしいものはある？」

涼弥の言葉に、千春は首を横に振る。

それを見た涼弥は「わかった」と返して、扉口を離れた。

その際「後で欲しいものを思い付いたらメッセージを送って」と気遣ってくれる。

涼弥の足音が離れていくのを聞き、千春は胸を押さえて床に倒れ込んだ。

「緊張した……」

コロンと床に転がり、そのまま天井《てんじょう》に左腕を伸ばす。

そうすることで、薬指の指輪が鈍い輝きを放つ。

今朝、婚姻届を提出するのに合わせて、涼弥から贈られたものだ。

千春の見合いが破談に終わり、涼弥と結婚すると決めた翌日、彼の運転する車で都内に戻る道すがら、二人の今後について話し合いをした。

その結果、千春が今TUYUKAの仕事を担当していることもあり、結婚相手が涼弥であることは、彼が本社に戻り結婚式を挙げるタイミングで明らかにすることになった。

また結婚式は、彼の仕事の関係者などを招いて盛大に執《と》りおこなうことになっている。正直に言えば、緊張するので盛大なのは避けたいのだけれど、涼弥の社会的立場を考えれば断るわけにはいかない。

千春にばかりメリットのある結婚にもかかわらず、彼はこちらにかなり譲歩してくれている。

一乃華銘醸への支援を約束してくれている上に、結婚後も仕事を続けたいという千春の希望も汲《く》んでくれたのだ。千春だって彼の希望に寄り添いたい。

ちなみに涼弥の唯一ともいえる結婚に向けての希望は、今すぐ籍を入れて、一緒に暮らしたいというものだった。

でもこうやって籍を入れ彼のマンションに越してきても、未だに自分が彼の妻になったという実感が湧かず、涼弥と同じ空間にいる状況にただただ緊張してしまう。

「だって……」

拗《す》ねた口調で呟く千春は、近くにあったクッションをたぐり寄せて抱きしめる。

それに顔を埋《うず》めて、先日、涼弥と交わした会話を思い出す。

あの日、都内に戻るため車を運転していた涼弥は、千春と契約結婚をする目的を聞かれ「社内のパワーバランスが崩れるような不要な軋轢《あつれき》を生む心配がなく、縁談を断る面倒からも解放される」といった内容のことを話していた。

つまり、彼との結婚を希望する女性は数多《あまた》いても、その中から問題のない一人を選ぶのは難しかったということだろう。その点、家族とも面識があり、お互いに利害が一致している千春は妻とするのに都合がいいと思ったに違いない。

涼弥は千春に「結婚相手は俺で妥協しておけ」と言っていたけど、それは彼にとっても同じことなのだろう。

つまり涼弥にとって、千春は妥協で選んだ妻ということになる。

不満を口にできる立場でないことは重々承知していても、彼に恋する身としてはそれが辛い。

何故なら千春が「結婚するなら彼がいい」と強く思った同じ日に、涼弥は「結婚するなら千春でいい」と、プロポーズをしてきたのだ。

「私は、こんなに好きなのに」

クッションを強く抱きしめて千春が唸《うな》る。

涼弥は優しいだけじゃなく、物語のヒーローのように、千春のピンチに駆けつけて窮地《きゅうち》から救ってくれた。

そんな彼の妻になれた自分は、すごく幸せだと思う。

だから、彼に愛されていない現状に不満を抱《いだ》くなんて間違っている。

クッションを抱えぼんやりしていると、開け放ったままにしてある部屋の扉の向こうで、玄関の扉が開閉する音が聞こえた。涼弥が買い物に出かけたらしい。

ガチャリと鍵が閉まる音に、千春の胸に寂しさが募《つの》る。

一緒にいると緊張するのに、一人残されると悲しい。

自分の中に共存する矛盾した感情を持て余して、千春は大きなため息をついた。

「涼弥さん、私のこと愛想のない嫌な子だって思ってないよね？」

涼弥は妥協で選んだ千春のことも、すごく大事にしてくれている。

けれど千春の性分として、一方的に与えられるだけの存在にはなるのは嫌だった。

少なくとも、彼にこの結婚を後悔させることだけはしたくない。

千春が理想とするのは、自分の両親だった。

お互いに、お互いの足りない部分を補い合える存在になれたら最高なんだけど、今の自分は彼と普通に話すことさえままならない状態だ。

「前途多難だ……」

千春は抱きしめたクッションに顔を埋《うず》めて、もう一度深いため息をついた。

カタンと硬質な物が触れ合う音に、千春は目を開けた。

「んっ？」

薄闇の中、物に埋もれるようにして眠っている自分の状況に驚き、身を起こして周囲を確認するうちに、徐々に記憶が蘇《よみがえ》ってくる。

引っ越しの片付けの途中で眠ってしまったらしい。

そんな自分の上には、見覚えのないブランケットがかけられていた。

換気のために開けていた窓も閉じられていることを考えると、買い物から帰ってきた涼弥が、寝ている千春にブランケットをかけてくれたのだろう。

まだ眠気が残る頭で、千春が状況を呑み込んだ時、また物音がした。

「涼弥さん？」

閉じた扉の向こうから、微かな物音が聞こえてくる。

ブランケットを丁寧にたたんだ千春は、それを抱えて部屋を出た。

シックな色調でととのえられた廊下は、横幅が広く天井《てんじょう》も高い。

廊下を進んだ先にある重厚な木製の扉を開けると、そこは全面ガラス窓のリビングで、その向こうには広いテラスがあり、柔らかな間接照明が観葉植物を照らしている。

「起きた？」

リゾートホテルと見紛う眺めに一瞬呆然としていると、涼弥に声をかけられた。

見るとリビングと続き間になっているダイニングスペースに、彼が立っていた。

今日は仕事を休んでいるため、ラフなデザインの麻のシャツにゆったりしたデザインのスラックスを合わせている。

「すみません。いつの間にか寝てしまって……あの、ブランケットありがとうございます」

「疲れていたんだよ」

ブランケットをリビングのソファーに置き、キッチンカウンターに近付くと、涼弥が柔らかく笑う。

「なにをしているんですか？」

「夕食の準備」

その言葉どおり、アイランドタイプのキッチンカウンターに立つ彼の前には、綺麗に皿に盛り付けられた料理が並んでいる。

白身魚のカルパッチョに、透明な容器にパフェのように盛り付けられた色鮮やかなサラダ、切り分けられたローストビーフの断面は薄いピンク色で完璧な焼き上がりをしていた。

「これ、全部涼弥さんが？」

「二人の入籍をお祝いしたくて頑張ってみた。冷蔵庫にデザートも冷やしてあるよ」

見た目にも楽しめる品々を前に目を丸くする千春を抱きしめて、涼弥が言う。

当然のように彼に抱きしめられたことよりも、千春は目の前の料理にひたすら驚いていた。眉目秀麗《びもくしゅうれい》で立ち居振る舞いも上品な彼のことを、常々完璧な御曹司だと思っていたが、そんな彼は料理の腕前もプロ級だったらしい。

料理には多少なりとも自信があり、これから新妻として頑張るつもりでいた千春としては出鼻を挫《くじ》かれた気分だ。

ここまで完璧な料理を作る彼に、自分はこれからなにを作ればいいのだろう。

「……なんてね」

あまりに見事な料理に思考を停止させていると、涼弥がおどけた声で言う。

「え？」

彼の腕の中で体を反転させ、涼弥を見上げた。

驚いて目をパチクリさせる千春を見て、涼弥は悪戯《いたずら》を成功させた子供のように目を細める。

「最初は入籍の記念にレストランで食事をしようと思っていたんだけど、千春は片付けもあって疲れてると思ったから、馴染みの店にケータリングを頼んだんだ」

普段はそういったサービスをしていない店だが、常連客である涼弥の頼みということで特別に準備してくれたのだという。

そんなことを説明する涼弥は腕を解き、かたわらにあった皿を千春の前に差し出す。

「俺が作ったのは、これだけだよ」

差し出された皿を受け取った千春に、涼弥が照れくさそうに言う。

皿には横向きにカットしたプチトマトの間にチーズを挟んで、ピックで留めたものが並んでいた。ピックのデザインや、散らしてあるバジルやオリーブオイルでお洒落な一皿になっているけど、至ってシンプルな料理だ。

よく見れば、トマトの切り口も不揃いで、均一さに欠けている。

たぶん、涼弥は普段料理をしないのだろう。

そんな彼が、自分のために料理を作ってくれたのだと思うと、キッチンに並ぶどの皿よりも美味《おい》しそうに見えた。

「すごく美味《おい》しそうです」

弾けるような笑顔で、千春が思ったままの言葉を口にする。

すると涼弥がその頬を優しく撫でた。

「やっと自然に笑ってくれた」

笑みを浮かべる千春の頬を軽く摘《つま》んで、満足そうに笑う。

自然な色気を感じさせるその笑顔に見惚れていると、涼弥は緩急をつけながら千春の頬を摘《つま》んで続ける。

「これからずっと一緒に暮らすんだ。もう少し、リラックスしてくれると嬉しいよ」

どうやら、千春が感情を空《から》回りさせていることを見抜かれていたらしい。

突然の結婚と、共同生活の開始――涼弥も千春と同じ状況に置かれていることに、今さらながらに気が付いた。

同じ条件の同じ時間、千春が可愛げのない自分を持て余してふて寝している間、涼弥はどうすればお互いが自然に向き合えるかを考えてくれていたのだ。

そのことに思い至ると、自分の感情に手一杯で、これから共に暮らしていく彼に対する配慮が欠けていたと気付く。

「ごめんなさい……」

申し訳なさから千春が視線を落とすと、その頬に柔らかな温もりが触れる。

視界の端に見える涼弥の顔の近さで、頬にキスされたのだと理解した。

チュッと鼓膜を擽《くすぐ》るような音に頭が真っ白になって、手にしていた皿を落としそうになる。

でも持っているのは、涼弥が自分のために作ってくれた手料理なのだと思い出し、どうにかバランスを保つ。

顔を上げた涼弥は、両手でしっかりと皿を掴む千春の顎《あご》を持ち上げる。

「謝ってほしいんじゃなくて、せっかく結婚したんだから、仲良くしようって提案しているんだよ」

もう少し顔を近付ければ口付けのできそうな距離で涼弥に囁《ささや》かれ、目眩《めまい》がする。

緊張で声が出ないし、頷こうにも、涼弥に顎《あご》を掴まれていてそれもできない。

「あ、わっ、私も……涼弥さんと仲良くしたいと思っています」

返事をするまで解放してもらえないのだと気付き、千春が声を上擦らせながら答える。

耳まで真っ赤にした千春の顔を見て、涼弥が「良かったよ」と笑う。

艶《つや》っぽい彼の笑い方に、千春の心臓がバクバクと速い鼓動を刻む。

――自分の鼓動がうるさい。

なにをどうすればいいかわからず、緊張で思考停止する千春に涼弥が再び顔を寄せてくる。

――キスされるっ！

そう思って固く目を瞑《つぶ》りその瞬間を待っていると、涼弥は千春の首の角度をわずかに変えて、耳《じ》朶《だ》を甘噛みした。

「ひゃっ……」

予想外のことをされて奇妙な声が漏れてしまう。

彼女の耳を解放した涼弥は、千春の唇を指で撫でながら甘く掠れた声で囁《ささや》く。

「歯止めがきかなくなるから、これ以上は後で」

雌《めす》を誘う雄《おす》の声。

彼の妻にならなければ聞くことのなかった甘い声に、体の深い部分が熱くなる。

――これ以上は後で……

涼弥の言葉を心の中で反芻《はんすう》して、千春はさらに顔を熱くした。経験がないだけで、年相応の知識はあるのだ。当然、その言葉が意味するところはきちんと理解できている。

契約結婚とはいえ、晴れて夫婦となり生活を共にすることになったのだから、そういった夫婦の営みも当然あるだろう。

赤面してフリーズしている千春の手から皿を取り上げ、涼弥はそれをダイニングテーブルへ運ぶ。

「とりあえず、食事をしよう」

その場に取り残された千春は、手伝いをするのも忘れて、食事の準備を進める涼弥の姿を見つめていた。

彼の発した台詞《せりふ》の意味が、じんわりと脳に浸透していく。

この後、歯止めがきかなくなった先になにが待ち受けているのか……

「千春?」

いつまでも立ち尽くしている千春を不思議に思ったのか、涼弥が優しく名前を呼び、顔を覗き込んできた。

こちらを気遣う眼差しはどこまでも優しく、彼の背後に見えるテーブルには、二人の結婚を祝うための料理が並んでいる。

「……」

上手く言葉にできない感情が胸に込み上げてきて、千春は、無言で涼弥に抱きついた。

「どうしたの?」

涼弥は突然の抱擁《ほうよう》に驚きつつも、そのまま千春の背中に手を回す。

「…………色々、ちゃんと言葉にできなくてごめんなさい」

彼にしがみついて、必死に思考を働かせて絞り出した言葉がそれだった。

感情を空回《から》りさせて可愛げのない態度を取ってしまったことを謝りたいし、料理を用意してくれたお礼も言いたい。

それに好きな人に女性として求められる幸せと、未知なる経験への不安。

そういった感情をちゃんと言葉にして説明できたらって思うのに、言葉にしようとすると、思いが霧散《むさん》してなんて言えばいいのかわからなくなってしまう。

そんな自分の稚拙《ちせつ》さが恥ずかしくて彼の胸に顔を埋《うず》めていると、涼弥がその背中をポンポンと優しく叩く。

そして身長差のある千春の頭に顔を密着させて言った。

「急いで言葉にする必要はないさ。なにをどうしたら千春が嬉しいのか、時間をかけて教えてくれればいいよ。そのために夫婦になったんだから」

「……」

彼の底抜けの優しさに、愛おしさが込み上げてくる。

ようやく少しだけ、自分はもう彼の妻なのだと実感できた。

彼の言うように、これから時間をかけて夫婦らしくなっていきたい。

気持ちを落ち着かせた千春がコクリと頷くと、涼弥はその背中を軽く叩いて食事にしようと誘った。

◇　◇　◇

その日の夜、涼弥の寝室で一人彼が来るのを待つ千春は、落ち着かない気持ちで自分が腰を下ろすベッドのシーツを撫でた。

二人でアルコールをたしなみながら食事を取り、今後の夫婦生活について改めて話し合った。

最初に契約を交わした際、この結婚の交換条件として、一乃華銘醸への支援を約束してもらったが、結婚生活の詳しいところまでは話し合えていなかった。

千春としては涼弥の所有するマンションに引っ越してきて、生活費も彼が負担するのだから、せめて家事は自分が担《にな》いたいと申し出た。

だけど涼弥に、家政婦が欲しくて結婚したわけじゃないと、申し出を却下されてしまった。「だいたい今までだって、一人で生活していて困ったことはないんだ。無理して千春が家事を負担する必要はないよ」と、言われてしまえばなにも言えない。けれど、それでは自分の妻としての役割はなんなのだろうかと悩んでしまう。

そんな葛藤が顔に出ていたのか、目が合った涼弥に「とりあえず、仲良くするところから始めて」と宥《なだ》められてしまった。

確かに、感情を空《から》回りさせている千春の場合、まずはそこから始めた方がいいという気がして、彼の提案を受け入れる。

千春の仕事に関してはひとまず現状を維持し、彼が本社勤務になる際に再度考えることになった。そして、夫婦生活や子供については、自然な流れに任せようということになる。

そうやって互いの距離感を探りつつアルコールを楽しみ、夜が更《ふ》けると、涼弥は先に千春へ入浴を勧めてくれた。

千春が入浴を済ませてリビングに戻ると、涼弥は「先に寝室に行っていて」と言い残し、バスルームに向かった。

千春にあてがわれた部屋にも、一応ベッドはある。

彼のマンションに自分の居場所ができただけでも夢のような出来事なのに、今こうして自分は、彼が来るのをベッドで待っている。

その全てに、現実味がない。

「愛しています」

自分の左手に視線を落とし、彼の前で口にしていいのかわからない思いを声にした。

千春にとって涼弥は、子供の頃からずっと憧れてきた人だ。

だけど、容姿端麗で喜葉竹グループの御曹司である彼と、自分が結ばれるなんて考えたこともなかった。

この恋心は誰にも知られることなく、いつか消えてなくなるものだと思っていたのに、気が付けば自分は彼の妻となり初めての夜を迎えようとしている。

――夢が叶ったっていうのとは、ちょっと違うけど……

「……」

感情が、緊張と不安の間を行ったり来たりして落ち着かない。千春が吐息を漏らした時、扉をノックする音が聞こえた。

「入るよ」

自分の寝室なのに、そんな断りを入れてからトレイを手にした涼弥が入ってきた。

前ボタンのパジャマを着る千春と違い、白のTシャツに黒のスウェットを合わせている涼弥は、上に一枚羽織ればそのまま近くのコンビニにでも出かけられそうな雰囲気がある。

こちらへと歩み寄ってきた涼弥は、ベッド横のチェストにトレイを置くと、氷の浮かんだグラスを千春に差し出した。

「もう少し飲む？」

受け取ったグラスの中で、小さな泡が弾けている。

「梅酒の炭酸割りですか？」

受け取ったグラスに鼻を寄せて香りを確かめ、千春が聞く。

「当たり。一乃華さんの梅酒を炭酸で割ってある。千春、あまりお酒に強くないみたいだから、薄めにしているよ」

食事中、二人で乾杯をした。

その際、千春の飲むペースとすぐに顔が赤くなったことから、あまりアルコールに強くないと察したようだ。

グラスに口をつけると、炭酸の弾ける刺激の中に飲み慣れた梅酒の味を感じる。

涼弥の言葉どおり、アルコールの量はかなり控えめらしい。

「ありがとうございます。実はウチの商品で、これが一番好きなんです」

一乃華の梅酒は、梅をリカーではなく、日本酒で漬けて造る。

個人の好みにもよるけど、千春はリキュールより日本酒で漬けた梅酒の方が味がまろやかな気がして好きだ。

千春がお礼を言うと、自分の分のグラスを手に涼弥が隣に腰を下ろした。

「そんな気がしていた。一乃華さんの梅酒は、繊細な味がして俺も好きだよ」

グラスを傾ける涼弥の手元で、カランッと氷が涼しげな音を立てる。

彼の手にするグラスの色を見て、一瞬、ブランデーでも飲んでいるのかと思ったけど、涼弥も千春と同じ梅酒を飲んでいるらしい。

涼弥と並んで座り、彼と同じものを飲む。

ただそれだけのことでも、ひどく緊張してしまう。

「……」

なにを話せばいいのかわからなくて、千春は無言でグラスを傾けた。

手持ち無沙汰も手伝って、つい飲むペースが速くなってしまう。

そのせいか、梅酒の炭酸割りはアルコールがかなり少なめのはずなのに、頭がクラクラして思考がぼやけてくる。

「もう少し飲む？」

涼弥にそう聞かれて、千春は自分のグラスが空《から》になっていることに気が付いた。

「いえ。もういいです」

千春が首を横に振ると、涼弥は彼女の手からグラスを受け取り、自分のグラスと一緒にトレイに戻す。

こちらに視線を戻した涼弥は、千春の頬にそっと手で触れた。

暖色系の照明に照らされた彼の表情は、湯上がり特有の艶《つや》っぽさがあった。

無音の部屋の中、彼とこうして見つめ合っているだけで、うるさいくらい自分の鼓動が耳につく。

「キスしてもいいか？」

冷えた指先で千春の頬を撫でながら、涼弥が聞く。

そう問いかけながら、涼弥の手は千春の頬から後頭部へと移動していった。

甘く低い彼の声は、うるさいはずの鼓動をスルリとくぐり抜けて千春の耳に届く。

「……はい」

千春が絞り出すような細い声で答えると、涼弥は後頭部に回した手に力を入れ、自分の方へ引き寄せる。

やや強引な動きに、千春は反射的に体に力を入れた。

でもそんなことはなんの意味もなく、引き寄せられた次の瞬間には、自分の唇に涼弥のそれが重ねられていた。

「……」

驚いた千春は、数秒遅れで、自分が今涼弥とキスしているのだと理解した。

千春の思考が追いついた時には、涼弥の舌が千春の唇を押し割り、口内へと侵入してきている。

「ん……」

千春は苦しげな息を漏らして、涼弥の胸を押した。

それは別に、涼弥を拒絶してのことではない。

千春にとってはキス自体が生まれて初めての体験で、いきなり始まった濃厚な口付けに戸惑い、どうすればいいのかわからなかっただけだ。

千春が苦しげな息を吐いている間にも、彼の肉厚な舌が千春の口内を蹂躙《じゅうりん》していく。

涼弥の舌からは、梅酒の味を強く感じた。

自分の好きな味をした彼の舌に口内を撫でられる感覚に、千春は切ない息を漏らした。

甘い余韻を追いかけるように、千春はおずおずと自分からも舌を動かす。

突然の濃厚な口付けに戸惑うばかりだった千春が、拙《つたな》いながらも反応を示したことで、その動きを歓迎するように涼弥が舌を絡めてくる。

そうやって互いの舌を絡め、粘膜を擦り合わせていると、アルコールを摂取している時以上の高揚を感じる。

好きな人と唇を重ねる。

ただそれだけの行為が、こんなにも気持ちいいものだと初めて知った。

恥ずかしくて細胞が沸騰しそうなくらい体が熱いのに、口付けをやめたくない。

「ふ……ふぁ…………っ」

無意識に、鼻にかかった甘い声が漏れる。

呼吸をするタイミングもわからない濃厚な口付けが息苦しくて、千春は涼弥の背中に腕を回した。

「いつもと違う顔をしているな」

唇を離した涼弥が、何気ない感じで言う。

だけど千春に言わせれば、涼弥の方がよっぽどいつもと違う顔をしている。

普段の涼弥は、端整な顔立ちをしていることもあり、冷たく近寄りがたい厳しさを感じる。それなのに今の彼は、情熱的な眼差しをこちらに向けて、男として女の自分を求めてくれている。

——これは、夢？

そんなことを考えてしまうほど、この状況に現実感がない。

「千春のその顔、もっと見せて」

口付けに溺《おぼ》れた千春の反応を確かめるように、顔をまじまじと覗き込み、再度唇を重ねてくる。

先ほど以上に濃厚な口付けを交わしていると、どうしようもない愛おしさが胸に押し寄せてくる。

夢中で彼の舌に自分のそれを絡めていると、涼弥が千春の方へと体を傾けてきた。

それだけの動きで、彼の体にすがるようにして口付けに溺《おぼ》れていた千春の体は、ベッドへと倒れ込んでいく。

そのまま涼弥の大きな手が、千春の頬を撫でた。

「……んっ」

自分の頬を撫でた手が、首筋を通り腰のラインを撫でていく。

千春が甘い息を漏らすと、腰を撫でた手は上へと引き返してきて、パジャマの上から千春の胸を鷲掴《わしづか》みにした。

涼弥の大きな手が自分の胸を触っている感覚に、無意識に体を緊張させる。

心臓が早鐘を打って、触れる手から彼にその鼓動が伝わっているのではないかと不安になった。

「千春の胸は、弾力があるのに柔らかいな」

ゆっくりと胸を揉みしだきながら涼弥が言う。

「……っ」

男性経験のない千春には、それが好ましいことなのかどうかもわからない。

赤面して黙り込んでいると、その態度が面白くなかったのか、涼弥は千春の胸の尖りを爪でこすって刺激してくる。

「……んっ」

カリカリと尖りを引っ掻かれて甘い息を漏らす千春に、涼弥が楽しげに息を吐く。

「いい声だ」

涼弥は欲望を滲《にじ》ませた声で囁《ささや》き、彼女の首筋に顔を寄せた。

そのまま千春の首筋に唇を寄せ、舌で肌を舐《な》める。

「あぁっ」

ねっとりとした舌に首筋を擽《くすぐ》られた千春は、不意打ちの刺激に悲鳴のような声を上げた。

鼻にかかったその声は、すごく恥ずかしいものなのに、涼弥はそれが気に入ったのか、唾液を千春の肌に馴染ませるように舌を動かしてくる。

首筋を這《は》った舌は、耳朶《じだ》を擽《くすぐ》り、時には薄い前歯で甘噛みをする。

耳への愛撫《あいぶ》は艶《なま》めかしく、肌がゾクゾクと震えてくる。

舌で首筋や鼓膜を刺激する間も、一方の腕で自身の体を支えて、もう一方の手で千春の胸を刺激していく。

最初は慎《つつ》ましやかだった千春の胸の先端が、硬く突き出してはっきりと自己主張を始める。涼弥はそれを指の間に挟んで刺激してきた。

「あ、やっ」

胸の先端を指で挟まれるだけで、体が跳ねて踵《かかと》がシーツの上を滑る。

「感じる？」

初心《うぶ》な千春の反応に、そっと口角を上げて涼弥が聞く。

「…………っ」

初めての経験に、どう答えればいいのかわからない。

緊張して身を硬くするその姿に違和感を覚えたのか、涼弥が胸から手を離して千春の顔を覗き込んだ。

「千春？」

少し弱ったように名前を呼ぶ声に、千春はいたたまれないような気分になる。

涼弥は、女性の触れ方を知っている。

彼がモテることなんて、昔から知っていた。

年齢差もあるのだし、これまで彼に恋人がいてもなんの不思議もない。

それなのにその事実に気付いた途端、どうしようもない痛みが胸を締め付ける。

この感情が嫉妬なのだということは、千春にも理解できる。過去に嫉妬して泣きそうになるなんて、かなり幼稚な感情だ。

彼の目に、この年まで男性経験のない自分がどう映っているのか考えると怖くなる。

チラリと見上げると、気遣わしげな顔をしている涼弥と視線が重なった。

千春が自分のことにばかり気を取られている間も、涼弥は千春を気遣い「とりあえず仲良くするところから始めよう」と言ってくれた。そんな彼なら、自分の幼稚さを受け入れてくれる、そう信じるところから始めよう。

千春は涼弥の首に腕を絡めて、視線を落とし小さな声で打ち明ける。

「………です」

「え？」

千春の告白が聞き取れなかったらしく、涼弥が顔を近付けてくる。

隠していても、肌を重ねればどうせバレてしまうことだ。

千春は覚悟を決めて、声を絞り出した。

「したこと……ないんです」

その告白に、涼弥は弾かれたように顔を上げた。

目を見開き、驚いた表情で自分を見つめる涼弥の視線にいたたまれなくなる。

千春は顔を手で隠して、彼の言葉を待った。

実際の時間にすれば数秒のことなのだろうけど、永遠にも思える沈黙の後に涼弥が口を開いた。

「悪い。そのパターンを想定していなかった」

――やっぱり、いい年をして……って呆れちゃうよね。

これまでの人生で、恋人を作るチャンスが一度もなかったわけではない。

でも小さい頃に涼弥に恋心を抱《いだ》き、その思いを抱えたまま大人になった千春は、彼以外の誰かと付き合う気にはなれなかったのだ。

「ごめんなさい」

消え入りそうな声で謝ると、涼弥の大きな手がクシャリと千春の髪を撫でる。

「そうじゃなくて、千春はモテそうだから、誰とも付き合ったことがないなんて考えてもいなかったんだ」

彼が自分をそんなふうに考えているなんて思ってもいなかった。

ただのリップサービスかもしれないけど、思いがけない言葉に緊張が少しほぐれる。

指の隙間から彼の表情を窺うと、少し困り顔をした彼と目が合った。

「そんなこと……ないです」

自分に向けられる彼の眼差しが柔らかいことに安堵して、千春は小さく首を横に振る。涼弥は少し腰を曲げて、千春の額に口付けをして言う。

「俺は、千春が思っているよりずっと、君と結婚できたことを喜んでいるんだよ」

そう言って涼弥はマットレスに体を預けると、千春の首の下に腕を滑り込ませて、横抱きに彼女を抱きしめる。

「今日はやめておく？」

そう問いかけられて、千春は涼弥の顔を見た。

こちらを気遣ってくれている彼の瞳には、それでも自分への劣情の色が見える。

もしかしたらそれは、ただの雄《おす》としての欲にすぎないのかもしれないけど、それでも彼が自分を求めてくれていることが嬉しい。

それに千春は、涼弥以外の誰かとなんて考えられないのだから。

「やめ……なくていいです」

千春は自分から彼の背中に腕を回し、その胸に顔を埋《うず》めた。

全てが初めての千春には、涼弥の顔を見てちゃんと話すなんて恥ずかしすぎる。

ましてや、貴方が好きだから、このまま続けてほしいなんて口にはできない。

彼を抱きしめる腕に力を込めて、彼に拒絶されないよう祈るばかりだ。

微かに体を震わせながら千春が反応を待っていると、涼弥が大きく息を吐いて言う。

「そんな甘い声で誘われたら、もう途中でやめてあげられないよ」

拒絶されなかったことに安堵して、千春は、そのままの姿勢でコクリと頷いた。

どんな経緯であれ、彼の妻になれたのだ。

自分が愛おしいと思う人は涼弥しかいないのだから、このままやめてほしくない。

「……」

ぎこちなく顔を上げた千春へ、再び涼弥が唇を重ねてきた。

自分の唇を求めてくる涼弥に応《こた》えるように、千春からも舌を絡め、さっきより情熱的に互いの舌を求め合う。

「涼弥さん……」

唇が離れた瞬間、千春が切ない声で名前を呼ぶと、涼弥は唾液に濡れた彼女の唇を指で拭う。

「本当にいいんだな？」

そう問いかけられ、千春が小さく頷く。

「私は、涼弥さんの奥さんだから」

上手く言葉にできない思いをその一言に凝縮させると、涼弥は千春の額に口付けをしてから体を離した。

上半身を起こした涼弥は、自分が着ているTシャツの裾《すそ》をたくし上げる。

もどかしげにシャツを脱ぎ捨てた彼の体は、ほど良い筋肉で引き締まっていて、しなやかな野生の獣を連想させた。

普段、育ちの良さを感じさせる上品な物腰の彼からは想像もつかない、芸術的な肉体美に目が釘付けになる。

上半身を露《あら》わにした涼弥は、再び千春に覆い被さってきた。

片腕でバランスを取りながら唇を重ねる涼弥は、もう一方の手で千春のパジャマのボタンを外していく。

器用に片手だけでボタンを外し終えると、千春のパジャマを脱がしてしまう。

彼の肌の温度を直《じか》に感じたくて、千春も腕を動かして彼の動きに協力する。

「千春……」

自分の名前を呼んだ彼が、小さな声でなにかを呟いた。

ちゃんと聞き取ることのできなかったその声が、「愛している」と囁《ささや》いたのは気のせいだろうか。

それを確かめようとしたけど、服を脱がされ、それどころじゃない。

腰のラインを撫でるようにして千春のズボンと下着を脱がした涼弥は、自身の残りの着衣も脱ぎ捨てる。

そうやって互いに一糸纏《いっしまと》わぬ姿になると、お互いの背中に自分の腕を回して抱き合う。

直《じか》に感じる彼の肌は驚くほど熱く、千春の肌にしっとりと馴染む。

「涼弥さん」

彼の温もりを感じて、その名前を口にする。

それだけで、苦しいほどの幸福感に包まれた。

「千春、ずっとこうやって触れたいと思っていた」

片手を千春の手と重ね、もう一方の手でその髪を梳《す》きながら涼弥が言う。

ずっと……というのは、食事前に会話をした時のことだろうか。

でも切なげな彼の声に、もっと長い年月を感じさせるのは、彼に溺《おぼ》れる自分が見る都合のいい幻想かもしれない。

アルコールの酔いも手伝って、思考が正しく働いていない自覚はある。

「あ……っ」

霞《かす》んだ思考でそんなことを考えていると、涼弥の手が千春の髪を離れ、胸に触れる。

ゆっくりと彼が指を動かすと、その動きに合わせて豊かな胸が形を変えた。

強く柔く胸を揉みしだかれているうちに、千春の背中がゾクゾクと震えた。

「千春の肌はしっとりしていて、俺の手に吸い付くように馴染む」

彼にそんなことを言われると、下腹部にも不思議な疼《うず》きが溜まっていく。

「そ……そんなふうに言わないで」

初めて知る疼《うず》きがもどかしく、千春が小さな声で訴える。

彼女のその願いに、涼弥はしたたかな笑みを浮かべて問いかける。

「どうして？　感じるから？」

「――っ！」

涼弥の質問で、一気に顔が熱くなる。

きっと彼は言葉で確かめなくても、千春の身になにが起こっているかなんて手に取るようにわかるのだろう。

それなのに、わざわざ言葉で確認してくるなんて少し意地悪だと思いつつ、千春はコクリと頷く。

すると涼弥は、ニッと口角を上げて言う。

「そう。じゃあ、もっと囁《ささや》いて、千春が感じるようにしてあげるから」

甘く低い声でそう宣言して、涼弥は千春の胸の先端を指で転がした。

「千春のここ、俺に触られてすごく硬くなっている。肌が張り詰めて敏感になっているから、こうやって擦られるだけで、うずうずするんじゃないか？」

そんなことを言いながら、人差し指の腹で硬く尖った部分を転がしたり、押し潰したりしてくる。

それと同時に、他の指で柔らかな胸の膨らみをやわやわと揉みしだいていく。

「あ……やぁ………っ」

自分の心の内を見透かしたような言葉と共に与えられる刺激は、ひどく淫靡《いんび》で恥ずかしい。

涼弥の言葉どおり、普段慎《つつ》ましやかな形をしているその部分は、肌が張り詰めている分、とても敏感で些細《ささい》な刺激も鋭敏に捉《とら》えてしまう。

もどかしい刺激に耐えかねた千春が、彼の手首を掴んでその動きを止めようとするけれど、華奢《きゃしゃ》な腕では止められるはずもない。

「駄目だ」

もう一方の手で千春の手首を掴んだ涼弥は、そう言って自分の口元に彼女の手を引き寄せ口付ける。

唇の隙間から少しだけ出した舌で指の隙間を舐《な》められて、千春の全身に甘い電流が駆け抜けた。

「……っ」

ゾクゾクとした痺《しび》れに千春が切ない息を吐くと、その隙を突いた涼弥が、彼女の手を頭の上で束ねシーツの上に縫《ぬ》い留めてしまう。

「途中でやめてあげられないと、先に伝えたはずだ」

熱っぽい声でそう宣言して、こちらの顔を覗き込む涼弥は、ひどく官能的な顔をしている。

その表情に、千春の鼓動が大きく跳ねた。

彼のこんな顔を見ることができるのは、自分が彼の妻になれたからだ。

そう思うと、羞恥心《しゅうちしん》を感じつつも、彼から与えられる全てを享受《きょうじゅ》したいと願ってしまう。

「……はい」

抵抗をやめた千春に、涼弥は、それでいいと言いたげに唇を重ねてきた。

拙《つたな》いながらも自分からも舌を絡め、深い口付けを交わしていると、思考が蕩《とろ》けていくような錯覚に襲われる。

この結婚の意味や、互いの利害関係など忘れて、ただ彼が与えてくれる快楽に身を委《ゆだ》ねた。

「……ぁっ」

千春の唇を離れた彼の顔が、首筋へと移動していく。

唾液の筋を残しながら移動していく彼の舌は、首筋を舐《な》め、鎖骨の窪《くぼ》みを擽《くすぐ》ると、千春の胸に触れた。

「千春のここ、桜色で硬く尖って男の欲望をかき立てる形をしている」

愛撫《あいぶ》していない方の胸に、ねっとりとした舌の感触を感じて、千春は背中を反《そ》らせた。

指での愛撫《あいぶ》とは全く違う、舌の感触に千春は頭が白く染まるような衝撃を覚えた。

胸の膨らみを撫でていた舌は、すぐに胸の頂《いただき》へと移動して、硬く尖った先端を舐《な》めた。

「あ……やぁ…………っ」

未知の刺激に驚いて視線を向けると、上目遣いにこちらの様子を窺う涼弥と目が合った。

彼は千春に見せつけるように、わざと舌を伸ばして胸の先端を丹念に舐《な》めしゃぶり、時折、薄い前歯で甘噛みしてくる。

刺激を与えられる度に、千春は素直な反応を示してしまう。

「はぁ…………ぁぁぁっ」

熱い息を吐き、体を小刻みに跳ねさせながら喘《あえ》ぐのを止められない。

彼の唾液に濡れて光る自分の乳房はひどく淫靡《いんび》に見える。それは、とても恥ずかしい眺めのはずなのに何故か目が離せなくなった。

片方の乳房を舌で擽《くすぐ》られ、もう一方を手で揉みしだかれるうちに、なにも考えられなくなっていく。

「気持ちいい？」

快楽の波に呑まれ千春の体から力が抜けていったタイミングを見計らい、涼弥が聞く。

彼の問いかけに、千春は小刻みに首を動かすことで返事をした。

すると涼弥は、千春の手首を押さえていた手を離して、顔を上げた。

上半身を起こし、乱れた千春の髪を整えてその顔を覗き込んでくる。

「今まで俺が知らなかった顔をしているよ」

「……」

優しく自分の頬を撫でる彼の手に甘えながら、千春はそれはこちらの台詞《せりふ》だと思う。

いつも冷静な彼が、こんな情熱的な表情をするなんて知らなかった。

彼のこの表情を見られるのなら、自分の全てを差し出してもいいと思える。

「……涼弥さん………もっと……」

彼の手に甘えながら、千春はおねだりの言葉を口にする。

千春だって、男性の欲望がどういったものかの知識はあるので、これだけで涼弥が満足しないのはわかっている。

それに千春自身、体の奥に生まれた疼《うず》きを、彼で満たしてほしいと願っていた。

千春の言葉に、涼弥が困ったように息を漏らす。

「これでも千春のために遠慮しているんだが、そんなふうに煽《あお》られると、色々抑えられなくなるよ」

熱っぽい声で囁《ささや》いた涼弥は、左右の手を千春の膝にのせた。

「え、あっ」

驚いてそう声を漏らした時には、千春は涼弥の手で大きく脚を割り開かれていた。

それにより、自分の内ももがねっとりとした蜜で濡れているのがわかって、一度は消えたはずの羞恥心《しゅうちしん》に襲われる。

小さな声を上げて、慌てて ももを閉じようとしたけれど、その時にはもう涼弥の顔が自分の脚の間にあってどうすることもできなかった。

「煽《あお》ったのは千春だ。……脚の力を抜いて」

短くそう告げて、内ももに口付けをされると、もう抵抗できない。

羞恥《しゅうち》で赤く染まる顔を両手で隠しながら、言われるままに秘所を彼の眼前に晒《さら》す。

「んん……」

うっすらと蜜を滴《したた》らせてはいるが、まだ固く閉じている陰唇を彼の指がなぞる。

上から下へと彼の指が動く感触に、千春は切ない声を漏らした。

「固いな」

そう呟く涼弥の声に、欲望の色が見え隠れする。

そこに彼の息遣いを感じると、千春の奥から淫《みだ》らな熱が零れるのがわかった。

千春が感じ取ったその変化を目《ま》の当たりにした涼弥が、「でも欲しがっている」なんて呟くから、恥ずかしくて息もできない。

「……あっ！」

千春の緊張など構うことなく、彼は舌で固く閉じている陰唇を撫でた。

ねっとりとした舌が、本人にとっても未知な場所を割り開く感覚は、ひどく淫《みだ》らで艶《なま》めかしい。

体は彼から与えられる刺激に従順で、舌での愛撫《あいぶ》にほぐされた陰唇は、微かに緩みとろりとした蜜を滴《したた》らせる。

あろうことか、涼弥はその蜜を音を立てて啜《すす》ってきた。

「……ア…………駄目…………ッ」

最初、固く閉じていた陰唇は、涼弥の舌でほぐされ、徐々にほころんでくる。

涼弥は両手で千春の陰唇を押し広げ、その割れ目に舌を深く沈めてきた。

冷静に考えれば、彼の舌が触れているのは、膣のごく浅い部分なのだろう。

だけど千春からすれば、自分の深い場所まで彼に暴《あば》かれたような衝撃があった。

か細い声で千春が悲鳴を上げても、涼弥の動きは止まらない。

それどころか、千春からさらなる反応を引き出そうとするように、ピチャピチャと粘っこい水音を立て舌での愛撫《あいぶ》を深めていく。

彼の舌が敏感な場所を這《は》う度に、千春は腰をくねらせて甘い悲鳴を上げた。

「少しはほぐれたかな」

しばらくして顔を上げた涼弥が、独り言のように呟く。

千春が朦朧《もうろう》とした意識でその言葉に耳を傾けていると、涼弥は再び彼女の上に覆い被さり、片腕を背中の下に滑り込ませ、もう一方の手の指を、舌でほぐした陰唇に沈めてくる。

「あぁぁぁっ」

舌よりも深いところまで沈んでくる指の感触に、千春は腰と喉を反《そ》らせて喘《あえ》いだ。

涼弥は、千春のその反応はお見通しだったのだろう。

腰に回した腕に力を込め、体をくねらせ快楽から逃げようとする千春の動きを封じる。

そうしながら、涼弥はゆっくりと指を動かして千春の中をほぐしていった。

「狭いな。指一本でもキツいくらいだ」

千春の中で慎重に指を動かしながら涼弥が呟く。

彼は時折、千春に「痛いか？」と確認してくる。

その問いに、千春は首を横に振ることでどうにか応《こた》える。

「痛くは……ないです」

全く痛みがないというわけではないが、異物感や熱いといった感覚の方が強い。

そう感じるのは、たぶん涼弥が時間をかけてそこをほぐしてくれたおかげなのだろう。

「そう。じゃあ、指をもう一本増やそう」

そう言って涼弥は、指を二本に増やす。

グチュッという水音と共に、自分の中に彼の指が沈んでくる。

その感覚を、千春は手を強く握りしめて堪《こら》えた。

二本の指が、固く閉じた膣を押し開き、みちみちと肉壁を押し広げていく感覚に、体が悲鳴を上げている。

それなのに膣は、彼にそうされることを歓喜するように、ねっとりとした蜜を溢《あふ》れさせていく。

涼弥は千春の蜜に誘われるように、ドロドロにふやけた膣を指で擦り、敏感な媚肉を引き伸ばしながら指を動かして、執拗《しつよう》に中をほぐしていく。

「あ……やぁ…………怖い……」

自分の中で、彼の指が円を描くようにして動く。

彼から与えられる刺激を歓迎するように、千春の奥からとめどなく蜜が溢《あふ》れてくる。

自分の深い場所を涼弥に探られるという未知の経験は、ひどく淫靡《いんび》で艶《なま》めかしく、千春の価値観を一瞬で塗り替えてしまうような衝撃があった。

いつしか痛みは感じなくなっている。

ただ体の奥がひどくムズムズして、言葉では説明できない熱が、自分の中に蓄積されていくのがわかった。それが、どうしようもなくもどかしい。

「涼弥さん」

千春は切ない声で彼を呼んだ。

——この人の全てが欲しい。

それは千春にとって、自分の全てをこの人に奪ってほしいというのと同義だ。

愛する人と肌を重ねて、一つになりたいと思うのは、人間の原始的欲求なのかもしれない。

初めての体験にひどく緊張していたはずなのに、気が付けば体は素直な反応を示している。

それは愛する人を求める感情が、人間の本能だからだろう。

「千春」

名前を呼び返してくる涼弥が、千春の唇を求めてくる。

唇を重ね、彼の首に腕を絡める。

離れたくないと、その腕に力を込める千春に、涼弥がそっと聞く。

「挿《い》れてもいいか?」

そう問いかける間も、彼の指は抽送《ちゅうそう》を繰り返し、千春の体に切ない熱を蓄積させていく。

「……」

千春がコクリと頷いても、彼は指の抽送《ちゅうそう》を続けるだけで、なかなかそれ以上の行動に出ようとしない。次第に千春の中に、どうしようもないもどかしさが溜まってしまう。

どうして挿《い》れてくれないのだろうと上目遣いに彼の様子を窺うと、涼弥は少し意地の悪い笑みを浮かべていた。

「挿《い》れてほしい？」

そう言いながら、彼の親指が蜜でふやけた肉芽を押し潰した。

その瞬間、千春は電流を流されたような衝撃を受けて背中を仰《の》け反《ぞ》らせた。

「あぁぁぁっ」

甘い悲鳴を上げて脚を暴れさせても、涼弥に腰を抱きかかえられているので、逃げることができない。

涼弥はといえば、こちらが逃げられないのを承知で、扇情的《せんじょうてき》な指遣いで千春を翻弄《ほんろう》しながら彼女の言葉を待つ。

「い……挿《い》れて…………ください」

涼弥が求めている言葉がなんであるかを察して、千春は恥ずかしいおねだりを口にする。

「いい子だ」

涼弥は薄く笑って、千春の額に口付けを落とした。

そして千春の中から指を引き抜くと、その手をいきり立つ自分のものへ添える。

どうやら彼は、ちゃんと言葉として千春に求められたかったらしい。

それが些細《ささい》な意地悪なのか、それとももっと深い意味があるのか、今の千春に考える余裕はなかった。

「――っ!!」

沈み込んでくる彼の欲望の塊《かたまり》の存在感に、千春は意識が焼き切れそうな衝撃を覚えた。

ミチミチと隘路《あいろ》を押し広げてくる彼のものは熱くて硬い。

柔肉を引き裂かれるような鋭い痛みはある。けれど、耐えられないほどではない。

それは涼弥が先にその場所をほぐしてくれていたというのもあるし、その痛みを与えているのが彼だということもある。

「あぁ……」

自分の中に彼が沈んでくる感覚に、千春は熱い息を漏らした。

体が燃えるように熱い。

涼弥以外のことを、なにも考えられなくなっていく。けれど、その支配的な感覚が愛おしい。

彼の腰の動きに合わせて、体が甘く痺《しび》れていく。それは、自分の体が内側から愛おしい人に作り変えられていくような感覚だった。

「千春」

優しく自分の名前を呼び、涼弥が唇を重ねてくる。

「ん……っ」

重ねた唇から押し込まれる舌に呼吸を乱され、千春は微かに息を漏らした。

千春の中に己《おのれ》の欲望を全て沈めた涼弥は、そのまましばらく彼女との口付けを堪能する。そして自分のものが千春の中に馴染むのを待って、唇を離し千春の額に自分の額を合わせてきた。

「動くよ」

そう囁《ささや》いて、涼弥はゆっくりと腰を動かし始める。

どこか苦しげに眉間に皺《しわ》を寄せながら、腰の抽送《ちゅうそう》を繰り返す彼は、おそらく千春を気遣って本来の自分の欲望を抑えてくれているのだろう。

時々意地悪な面を見せる彼の、そんな優しさが愛おしい。

千春は彼の背中に腕を回して、自分の体を彼に委《ゆだ》ねた。

密着させた肌から、彼の体温や速い鼓動を感じて、頭がくらくらしてくる。

彼の息遣いや熱、圧倒的な存在感。その全てをいっぺんに感じて、これがセックスというものなのだと理解する。

愛する人の存在をここまでリアルに感じる行為は、きっとこれ以外にないだろう。

だから人は、愛する人との体の繋がりを求めるのだ。

――この人が愛おしくてしょうがない。

好き。

愛してる。

体を揺すられながら、そんな言葉を心の中で繰り返していると、彼の抽送《ちゅうそう》の速度が徐々に変化していった。

自分の中に沈む彼のものが、硬さを増し、微かに膨張した気がする。

「あ……涼弥……さ……、もう…………っ」

より一層の存在感を放つもので媚肉を擦られ、千春が切ない息を漏らした。

クッと苦しげに眉を寄せた千春の表情を見て、涼弥は「ごめん」と呟く。

「千春の体が気持ち良すぎて、手加減を忘れてしまう」

そんな言葉で千春を喜ばせて、涼弥は腰の動きを加速させていく。

ぐちゅぐちゅと淫靡《いんび》な水音が室内を満たしていき、千春の体を甘い痺《しび》れが駆け巡《めぐ》る。

初めての人間には激しすぎる快楽に、意識を失いそうになる。

千春は髪を振り乱し、彼の背中に爪を立てて甘い喘《あえ》ぎ声を上げ続けた。

そんな千春の姿にも欲望を刺激されるのか、涼弥は彼女の乳房を鷲掴《わしづか》みにしてより激しく腰を打ち付けてくる。

その激しい刺激に、限界を叫ぶように千春の膣が強く収縮する。

それにより、いっそうはっきり涼弥の存在を感じて、意識が白く飛びそうになった。

「あぁぁっ」

一際甘い声で啼《な》き、背中を反《そ》らしながら腰を痙攣《けいれん》させる千春を見て、涼弥はこれ以上は無理だと判断したのだろう。

「悪い、あと少しだけ我慢して」

そう告げて、涼弥が腰を数回打ち付けてきた。

その度に千春は、自分の意識がふわふわと未知の領域に飛ばされるような感覚に襲われる。初めて感じる浮遊感が、怖いのに心地よい。

「あっ……涼弥さん……っ！」

甘く掠れた声で名前を呼び、愛おしい人の胸に顔を埋《うず》めると、涼弥が「うっ」と、低く唸《うな》った。

同時に、彼の欲望を凝縮させたような熱が、自分の中に吐き出されるのを感じる。

「千春」

優しい声で名前を呼び、涼弥の唇が額に触れた。千春の腰が名残惜《なごり》しげに震える。

「涼弥さん……」

強い疲労感に意識が呑み込まれていくのを感じながら、千春は彼の名前を呼び返し、その胸に甘えた。

◇　◇　◇

光量を絞ったフットライトの明かりを頼りに、涼弥は自分の隣で眠る千春の顔を確認した。

涼弥に激しく抱かれた後、シャワーを浴びた千春は、抗《あらが》いようのない疲労感からかストンと眠りに落ちてしまった。

「ごめん」

涼弥は、ぐっすりと眠る千春の頬をそっと撫でる。

千春に男性経験がないと聞かされ、最初は自分の欲望を抑えるつもりでいた。

だけど千春が自分を拒《こば》まなかったことで、理性の箍《たが》はあっさりと外れ、貪《むさぼ》るように彼女の体を求めてしまった。

大人の男として、時間をかけて千春との距離を縮めていくつもりでいたのに、長年の片思いを拗《こじ》らせた末にやっと彼女を妻に迎えることができたこの身は、驚くほど堪《こら》え性《しょう》がなかったようだ。

喜葉竹の跡取りとして育てられた自分は、かなり自制心のある性格だと思っていたのだが、どうやら千春のことに関してだけは勝手が違ったらしい。

絹糸のように艶《つや》やかな千春の髪は、指ですくってもすぐにすり抜けていく。

その感覚を楽しむように、涼弥は千春の髪を指に絡めたりして楽しんでいた。

自分が今どれだけ幸せか、きっと千春は知る由《よし》もない。

「最初の出会いは、小学校に入る前だったな……」

出会いは、涼弥がまだ小学生の頃で、おそらく千春は就学前だっただろう。

同業者の創立百年だかなにかを祝う祭典がホテルの宴会場で盛大におこなわれ、自分同様、彼女も親に連れられてきていた。千春は艶《つや》のあるまっすぐな髪が美しく、クリッとした大きな瞳が印象的な女の子だった。

華やかな祝いの席のため着物を着せられた千春は、日本人形のように愛らしく、最初はその容姿になんとなく目がいっただけだった。

それは周囲の大人たちも同じだったのだろう。

可愛らしい千春の姿を見て、皆が表情をほころばせていた。

親と一緒に挨拶《あいさつ》をしていた千春は、初めこそお人形のような愛らしさで行儀良くしていたけれど、そのうち飽きてきたのか、大人の目を盗んで兄の俊明にちょっかいをかけるようになっていた。

兄への些細《ささい》な悪戯《いたずら》が成功すると、千春は弾けるように笑う。

その屈託《くったく》のない彼女の姿は涼弥の心に強い印象を残した。

そんな彼女から目が離せなくなり、なんとなく動きを視界の端で追いかけていると、兄に悪戯《いたずら》するのにも飽きた千春がこっそり祝宴会場を抜け出していくのが見えた。

子供らしい無邪気な好奇心を隠さない彼女が心配で、涼弥はその後を追いかけた。

祝宴は日本庭園が美しいホテルでおこなわれていた。庭で見つけた彼女は、ちょうど盛りだった小手毬《こでまり》の枝を揺らして、花びらを散らして遊んでいた。

なかなかの悪ガキぶりである。

注意しようと歩み寄ると、こちらの気配に気が付いた千春が「雪みたいで綺麗でしょ」と誇らしそうに笑いかけてきた。

幼い千春は純粋に、白い小さな小手毬《こでまり》の花びらを降らせたら雪のようだと思い、綺麗だと思ってやっていただけなのだと理解する。

だから涼弥は、彼女に注意するのをやめて、代わりに「一緒に遊ぼう」と提案した。遊び相手をしながら、千春が危ないことをしないよう側で見守って過ごすのは、一人っ子の涼弥にとってもとても楽しいひと時だった。

それからは、千春と顔を合わせた時には、自然と彼女の遊び相手をしていた。

でもある日、自分と遊んでいる千春を見つけた彼女の父親が、ひどく怖い顔をして彼女をその場から連れ去ってしまった。

千春が心配でこっそり後を追いかけると、人目のない場所で「喜葉竹の息子なんかと仲良くするな」と彼女が父親に説教をされているのを見てしまう。

職人気質《かたぎ》の彼が、喜葉竹グループを面白く思っていないのは子供ながらにも肌で感じていた。だがそれは大人同士の話で、子供である自分たちには関係のない話だと思っていたのだけれど、そうではなかったらしい。

父親に厳しく叱責《しっせき》され、下唇を噛んで涙目になる千春が可哀想で心が痛かった。自分が止めに入っても、逆に火に油を注《そそ》ぐだけだとわかるだけに、千春のためになにもできない無力な自分がもどかしかった。

そんなことがあった後も、千春はそれまでと変わりない様子で自分に話しかけてきた。

自分と関わることで、彼女がまた父親に叱られるのではないか。それが心配で、次第に涼弥の方から彼女を避けるようになっていった。

そうやって自然と距離ができ、気が付けば自分と千春には、なんの接点もなくなっていた。

けれど、その後も千春の存在を完全に忘れることはなく、いつも彼女の存在は心のどこかにあった気がする。今思えば、子供の頃、千春に抱《いだ》いていた感情は自分にとっての初恋だったのだろう。

昔のことを思い出し、涼弥は再度千春の頬を撫でた。

再会から結婚まで、自分がかなり強引な搦《から》め手を使った自覚はある。

それでも彼女の側にいて彼女を守る権利を、他の誰かに譲ることなんてできなかった。

千春の存在は、普段の自分が持ち合わせてないような感情をどんどん引き出していく。自分がかなり独占欲の強い性格をしていることを、最近になって知った。

執念深く悪知恵が働いて、独占欲も強い男に惚れられるなんて、千春からしたら迷惑な話かもしれない。

それでも自分は、もう彼女なしでは生きていけないのだ。

人生の全てを捧げて大事にするから、こんな自分を、どうか嫌わないでほしい。

心の中でそう祈りながら、涼弥は千春の額に自分の額を擂り寄せて目を閉じた。

3　夫婦のすれ違い

涼弥と結婚して約三週間。

七月末のその日、涼弥は接待で遅くなるそうなので、千春は仕事帰りに会社の二年先輩である若《わか》井《い》友《とも》奈《な》と食事をして帰ることにした。

先輩といっても気心の知れた相手で、本人が「一年や二年の違いでかしこまられても気詰まり」と言っていることもあり、友達のような付き合いをさせてもらっている。

女性にしては長身でナチュラルメイクを好む友奈は、ベリーショートの髪でパンツルックが多いため、活動的な印象が強い。

話も上手くて、今日も軽くアルコールをたしなみつつ、二人でどうでもいいような世間話を楽しんでいた。

今の話題は、友奈の父が二人の子供が自立した後に飼いだしたキャバリアという犬種の小型犬を溺愛しすぎて、離婚になりかけたというものだった。

軽妙な口調で語る友奈によれば、彼女の父親がキャバリアの肉球をマッサージするためにエミューという鳥の脂《あぶら》を配合した犬用保湿クリームなるものをネットで購入したのだけれど、それが彼女の母親の愛用する化粧品より高額で、カード明細を見た母親が激怒したのだという。

そこから何故か、若い頃に買ってもらえなかったブランドバッグへの恨み言へと話が飛び、母親の怒りのボルテージが離婚しそうな勢いで燃え上がって、一度は家出して兄夫婦の家に居候《いそうろう》していたのだとか。

母親からその愚痴を聞かされた友奈と兄が、二人して「そんなことで離婚したら、一生『肉球離婚』と笑ってやる」とからかったところ、冷静さを取り戻して離婚騒動は収まったのだとか。

父親の方も、母親が家出したことでさすがに反省し、エミューのクリームを買うのはやめたそうだ。

千春としては、あのダチョウの子分のような鳥のどこから取った脂《あぶら》がそれほど高額になるのか、気にかかるところである。

「でも、そういう喧嘩ができるのって、夫婦仲がいいからですよね」

千春がしみじみとした口調で返すと、友奈が軽く眉根を寄せる。

「千春ちゃんは、旦那さんとどんな感じ？」

少し言葉を探してから、友奈はそう聞いてきた。

会社には婚姻に伴う諸々《もろもろ》についての報告はしているけど、旧姓のまま仕事をしていることもあって、公《おおやけ》にはなっていない。

唯一仲のいい友奈には、急に見合いが決まって里帰りをすることを話していたこともあり、その後の結婚報告もしていた。

ただ、現在千春がＴＵＹＵＫＡの仕事を担当していることもあり、相手の詳細については伏せているのだけど。

口調は何気ないふうを装《よそお》っているが、こちらを気遣っているのが伝わってくる。

「どんな感じ……って……」

食事を済ませて、おつまみ兼デザートのアイスを食べながら、千春は言い淀《よど》む。

そんな千春に、友奈は顔を顰《しか》めた。

「千春ちゃんはまだ若いんだし、急いでお見合い結婚なんかしないで、相手をもっとよく知ってから入籍した方がいいよって言ったのに」

友奈は、やれやれといった感じでため息を漏らした。

こちらが黙り込んだことで、おかしな誤解をさせてしまったらしい。

「千春ちゃん、結婚指輪もしてないから、心配してたんだよね」

友奈はマドラーでグラスの氷を掻き混ぜる。

今現在、千春は左手薬指に結婚指輪を嵌《は》めていない。けれどそれは、涼弥となにか問題があるからではなかった。

「休みの日は、ちゃんと指輪をつけてますよ」

そう言って、千春は左手をグーパーしてみせる。

ただ仕事中は旧姓で通していることもあり、平日は指輪をしていないだけだ。

なにより、仕事でTUYUKAに行くこともあるので、毎日指輪をしている涼弥と同じタイミングで千春が指輪をつけるわけにはいかなかった。

ついでに言うと、結婚に至るまでの経緯がなかなかにややこしいので、できるだけその件に触れられないようにしたいという思いもある。

「それならいいけど、突然お見合いするって里帰りして、次に出勤してきた時には結婚を決めたなんて言うからかなり驚いたし、しかもすぐに入籍までしちゃうからちょっと心配してたんだよね」

こちらが秘密主義に徹しているせいで、彼女は千春がお見合い相手とそのまま結婚したのだと思っている。

「ご心配をおかけしました」

ペコリと頭を下げる千春に、友奈は肩をすくめた。

「仲がいいなら良かった。私、二年付き合った彼氏と同棲したことあるけど、それまでは仲が良かったのに、一緒に暮らし始めた途端、相手のイヤなところばっかり目についてさ。一気に愛情が冷めて、散々喧嘩したあげく同棲三ヶ月で別れたんだよね」

友奈がしみじみとした口調で言う。

グラスを掻き回す速度が加速したのを見るに、別れた恋人への怒りを蘇《よみがえ》らせているらしい。

「え、たった三ヶ月で⁉」

自分と涼弥のように、急に結婚を決めたならともかく、二年も付き合った相手への愛情が三ヶ月で冷めるなんてことがあるなんて……

驚きを隠せない千春に、友奈は大きく頷いた。

「他人と暮らすって、そのくらい難しいことなのよ」

それを実感しているからこそ、友奈は千春の心配をしているのだろう。

確かにそうかもしれないと思いつつ、千春は涼弥との結婚生活を思い返してみた。

結婚して約三週間。

彼の暮らすマンションに引っ越す形で始まった結婚生活は、かなり快適と言える。

まずマンションの立地条件が良く、通勤が楽になったし、周囲に店が多くて仕事帰りの買い物もしやすい。

日常的な家事に関しては、もともとは彼が週に一回、ハウスキーパーを入れているので、千春のすることといえば調理をして汚れたところを掃除するくらいだった。

洗濯も指定のバッグに洗濯物を入れてフロントに預ければマンションが契約しているランドリー会社が綺麗にしてくれるし、料理も涼弥は打ち合わせを兼ねた会食が多いので無理して作らなくてもいいと言ってくれている。

その至れり尽くせりの環境に戸惑う部分もあったけど、涼弥が仕事を続ける千春の負担を減らそうと気遣ってくれているのがわかって嬉しくもあった。

ただ千春はもともと家事が好きなので、なるべくなら自炊をしたいし、洗濯をするのもアイロンがけをするのも好きだから、できる範囲で家事を任せてほしいと思っている。

最初は出すぎたことをして涼弥の生活リズムを崩してしまっては……と黙っていたけれど、涼弥にはそんな胸のうちもお見通しだったらしく、上手く聞き出されてしまった。

その結果、二人で暮らしていくのだから、どちらかが我慢するのはおかしいと言って、涼弥は千春の希望を尊重し、基本的な家事を任せてくれると共に、家事の分担が一方に偏《かたよ》るのは良くないと、朝食の準備は自分がすると申し出てくれた。

といっても、最初に自分で話していたように涼弥は料理が得意ではないらしく、彼が準備してくれる朝食はトーストやシリアルとカットした野菜やフルーツといった簡単なものが多い。

でもだからこそ、彼が準備してくれる朝食には、千春への気遣いが感じられ、千春は毎朝、幸せを噛みしめている。

それに料理は別として、涼弥の淹《い》れてくれるコーヒーは格別の美味《おい》しさで、自身も「失業したらカフェの経営でも始めようかな」などと冗談を言っているくらいなのだ。

涼弥は仕事の付き合いで外食をする日も多いので、毎日必ず食事の準備をしなくちゃいけないわけじゃないし、休日は家事も休むべきだと言って、休日の食事は外食やケータリングを勧めてくれる。なので千春の家事負担は、それほど多くなかった。

「え、それは妄想の話ですか？」

涼弥との生活を詳しく話すとノロケにしか聞こえないため、千春は家事分担などはちゃんとできているし、音楽や食事の嗜好《しこう》が似ているのでそういった面のストレスもないと話すに留めたのに、友奈の返しはそれだった。

「妄想じゃないです」

でも、友奈がそう言いたくなるのも理解できる。

千春自身、涼弥との結婚生活が幸せすぎて、未だに実感を持てずにいるのだから。

毎晩眠りにつく時、朝目が覚めたら、全てが夢として消えてしまっているのではないかと不安になるくらいだ。

「なんだ、幸せそうで良かった」

先ほどの言葉は冗談だったらしく、友奈が明るい口調で言う。

でも千春の方は、その言葉に表情を曇らせてしまう。

その表情の変化に、友奈が怪訝《けげん》そうな顔をする。

「なに、幸せじゃないの？」

「幸せですよ」

二人の生活もだが、涼弥は約束どおり、一乃華への支援もしてくれている。

兄の話によれば、涼弥からの支援は資金面だけでなく、一乃華銘醸のブランドイメージを守りながら新しい販路を築くためのアドバイスまでしてくれているそうだ。

近く兄が上京した際に、厳選した高級品だけを販売しているネット通販会社の社長や、海外の高級レストランに日本酒を流通させているバイヤーなどを紹介してもらえることになっているのだとか。

優しくて経済力があって、自分の家族にも良くしてくれている。

涼弥は本当に理想的な夫で、そんな彼との結婚生活に不満を持つ方がおかしいのだとわかっているのに、心の中で「でも……」と付け足してしまう。

自分は、涼弥にとって都合が良かったから選ばれた妻だ。

契約結婚である以上、ギブアンドテイクな関係であるべきなのに、千春が彼に返せるものがあまりにも少なすぎる。

もっと彼のためにできることはないかと、色々と考えているのだけれど、与えられるばかりで答えが見つけられないでいた。

なにより結婚した日、千春に「せっかく結婚したんだから、仲良くしよう」と言ってくれた涼弥は、あの日以降、千春の体を求めてくることはない。

確かにあの日の千春は、彼から与えられる刺激に翻弄《ほんろう》されるばかりで、どうやったら彼を満足させられるかなんて考える余裕などなかった。

——きっと、それが駄目だったんだと思う。

優しいから言葉にしないだけで、涼弥は不慣れな千春を面倒に思ったのかもしれない。

それどころか、千春の体に女性としての魅力を感じなかったのではないだろうか。

その証拠に、翌日の就寝時に、涼弥から「寝室は別にした方がいいか？」と聞かれてしまった。

どこか困ったような彼の顔を見た千春は、彼が自分とベッドを共にしたくないのだと察してしまい「別がいいです」と即答して、自室に逃げ込んだのだ。

それ以降は、毎晩なにか言われる前に自分から自室に下がるようにしている。

新婚初夜、涼弥は大人の男の色気全開で千春をリードしてくれた。

もし涼弥が自分を求める気持ちがあるなら、彼からアプローチをしてくるはずだ。

なのにそうしないということは、つまり、そういうことなのだろう。

彼とは年齢差があるし、もしかしたら自分の見た目が子供っぽいせいかもしれないと、最近は大人っぽいファッションを心がけてみたりもしているのだけど、今のところ、効果は薄い。

これでは夫婦ではなく、ただの同居人だ。

それでいて、涼弥は最初の提案どおり仲良く過ごす努力をしてくれているので、よけいに申し訳なくなる。

「……」

突然黙り込んだ千春に、友奈が「悩みがあるなら聞くよ」とアイコンタクトをしてくる。

友奈なら、きっとこの悩みを笑わずに聞いてくれるだろうし、いいアドバイスをくれるかもしれない。

だけど……

「新婚生活は幸せだけど、それでも……一言で言い表せない難しさがあるんです」

千春はおどけた表情で返した。

「なにそれ、のろけ？」

千春の沈黙を冗談の前振りと受け取った友奈が、キャハハと声を上げて笑う。

見栄を張ったところで、状況が変わるわけじゃない。だけど、好きな人に女として求められていないと言葉にして認めるのは、あまりにも惨《みじ》めだ。

だから千春も全て冗談ということにして話題を変えようとした時、棘《とげ》のある声が聞こえてきた。

「うるさくて、品のない人たちね」

敵意を隠さない声に驚いて顔を上げると、自分たちの座るボックス席と背中合わせの席にいた女性が、ゆらりと立ち上がった。

友奈の後方からこちらを見下ろす女性は、かなり不機嫌な顔をしている。

その表情と声の感じで、自分たちに聞こえるように言ったのだとわかった。

確かに二人で声を出して笑っていたけど、周囲には十分気を配っていたし、声のボリュームにも気を付けていたつもりだ。

なによりこの店はアルコールを提供しているため、夕食時の今、ほろ酔いで食事と談笑を楽しむ客たちの声で溢《あふ》れている。

今も少し離れたテーブルで、誰かがなにか面白い発言をしたのか、拍手の音と共にドッと笑い声が沸き起こった。

そっちはうるさくないのかと、千春はチラリと視線を向けたけど、通路に立つ女性はそれには反応を示さない。

つまり彼女が不快に思っているのは、自分たちということだ。

状況を素早く理解した千春は、相手の姿を確認した。

艶《つや》のある明るい色の髪を綺麗にセットしている女性は、鼻が高く、ほっそりとした輪郭で、涼しげな二重《ふたえ》の目が知的な印象を与える。

淡い色味で統一したファッションは、女性としての甘さを残しつつ、いかにも仕事ができそうな雰囲気を醸し出している。

身だしなみ同様、メイクにも隙がない。

自分の見せ方を熟知しているといった感じだ。

——誰だろう？

同性の千春でも完璧と絶賛したくなるようなセンスと容姿を持っている人なので、以前に会っているなら忘れないと思うのだけど、どれだけ記憶を探っても引っかかるものがない。

間違いなく彼女とは初対面だろう。

そんな相手から、どうして敵意を向けられるのか理解できなかった。

怪訝《けげん》に思いながらも、自分たちが相手の気分を害したのなら一応謝ろうとした時、背後を確認した友奈が「あっ」と声を漏らした。

「望月《もちづき》先輩、ご無沙汰しています」

友奈は軽く腰を浮かして頭を下げる。

どうやら、彼女の知り合いだったらしい。

「あら若井さん、偶然ね。騒がしいと思ったら、貴女だったのね」

友奈に望月と呼ばれた女性は柳眉《りゅうび》を軽く跳ねさせ、さもたった今、その存在に気付いたという顔をして、嘲《あざけ》りを含んだ声で続ける。

「大手企業に落ちて、零細《れいさい》企業に就職したって聞いていたけど、都内にいるってことはまだそこで働いているの？」

彼女の言う零細《れいさい》企業とは、二人の働くマキマオフィスのことだろうか。

確かにうちの会社は中小企業の部類に入るが、そんな言われ方をされるような会社ではない。

思わずそう抗議をしたくなったけれど、どうやら友奈の先輩らしいので、反論の言葉をグッと呑み込む。

「ええ、まあ、おかげさまで。最近は、それなりに大きな仕事をさせていただくこともあります」

友奈も、曖昧《あいまい》に笑ってこの場をやり過ごそうとしている。

「でも、実力のない会社が背伸びをして大きな仕事を受けても、相手の企業に迷惑をかけるだけなんじゃないのかしら」

――偶然遭遇した後輩に、やたら絡むな。

もしかして、かなり酔っているのだろうか。

気になって、少し体を傾けて彼女の座っていたテーブルをそっと確認した。

すると案の定、テーブルの端に空《から》のワインボトルが見える。ついでに、彼女と同席していた男性と目が合ってしまった。

サラリーマンにしては明るめの髪色で、華やかなデザインのシャツを着た若い男性が、千春に向かって「ごめんね」といった感じに肩をすくめてくる。

どうやら本当に、アルコールの勢いで、こちらに絡んできているようだ。

「望月先輩は、笹波企画ですよね。大学のサークルの子たちと飲んだ時に、ご活躍されているという噂を聞きました」

その言葉で、二人の関係が大学のサークルの先輩後輩だとわかる。

同時に、『笹波企画』という社名で、彼女が自分たちに向ける敵意の理由がわかった気がした。

――以前まで、涼弥さんの会社のホームページを担当していた会社の人だ。

望月がＴＵＹＵＫＡの仕事を担当していたのかはわからないけど、大手である自分の会社が外され、マキマオフィスにその仕事が移ったことを面白く思っていないのだろう。

おぼろげな記憶に間違いがなければ、彼女は自分たちの後に店へ入ってきた。

偶然入った店でマキマオフィスに勤務する友奈を見つけて、溜まった鬱憤《うっぷん》をぶつけてきたのかもしれない。

友奈が「大手企業で働く人はさすがだって、同期の子たちとも話していたんです」と、望月を持ち上げると、少し自尊心が満たされたのか、彼女はそのままお手洗いの方へ歩いていった。

「ごめんね。大学の先輩で、ちょっと気難しい人なんだよ」

望月が十分離れたのを確認して、友奈が謝ってきた。

千春は首を横に振る。

「友奈さんが悪いわけじゃないよ。今日は十分お酒もお喋《しゃべ》りも楽しんだし、今のうちに帰りますか？」

ちょうどデザートも食べ終わったので、彼女が戻ってくる前に帰ってしまおう。

千春と友奈が手早く帰り支度をしていると、再びテーブルの前に誰かが立つ気配を感じた。

もう望月が戻ってきたのかと焦ったけど、そこにいたのは彼女のテーブルに座っていた青年だった。

「すみませんね。有紗《ありさ》さん、最近なんだかストレスが溜まってるみたいで」

有紗とは、望月のファーストネームだろう。

へらりと笑って謝る彼は、ダメージ加工されたジーンズのポケットから名刺入れを取り出し、千春と友奈のそれぞれに渡してくる。

見ると美容院の名刺だった。

「なんだ、ホストが同伴してるのかと思った」

遠慮のない友奈の言葉に、青年が苦笑する。

「ご指名のお礼に食事のお供をしているって意味じゃ、似たようなものかも」

気を悪くした様子もなくそう返して、望月の横暴な振る舞いを止めなかったお詫びに、店に来てくれたらサービスさせてもらうと話した。

受け取った名刺をスカートのポケットにしまった千春は、彼にお礼を言って友奈と一緒に店を後にした。

「なんか、最後に変な感じになってごめんね」

店を出ると、友奈が再び謝ってくる。

「そんなことないですよ。お父さんの話、面白かったです」

今度、実家のキャバリアの写真も見たいと話すと、友奈はホッとした顔で請け合ってくれた。

ちなみにキャバリアの名前は、洋犬にもかかわらず「ゴンゾウ」というそうで、父親のネーミングセンスに関しても夫婦間で一悶着《ひともんちゃく》あったらしい。

そんなことを話しながら駅まで歩いていくと、信号待ちのタイミングでこちらに視線を向けた友奈が「あっ」という顔をした。

「千春ちゃん、ちょっとそのまま動かないで」

どうしたのかと思っていると、友奈は千春の前に立って、ぐっと左肩に顔を寄せてきた。

よくわからないけど、首筋を見やすくした方がいいだろうと察して、千春は首を右へ傾ける。少し体がぐらつき、同性の気安さで友奈の腰に掴まらせてもらった。

そのままの姿勢で目の前を通り過ぎていく車を見るともなしに見ていると、友奈が顔を上げる。

「ニットに絡まってたよ。落とさなくてラッキーだったね」

そう言って友奈が千春の手に載せたのは、今日つけていたイヤリングだ。

外れたイヤリングが、落ちずに服にからまっていたらしい。

咄嗟《とっさ》に耳を触ると、右側のイヤリングはちゃんとついていたのでホッとする。

先週、涼弥と買い物に出かけた際に、気に入ったものだ。目ざとく千春の様子に気付いた涼弥が買ってくれた品なので、なくさなくて本当に良かったと思う。

「ありがとう。本当にラッキーでした」

片方だけイヤリングをしているのも変なので、右耳のイヤリングも外して、スカートのポケットにしまう。そこでちょうど信号の色が変わったので、再び並んで歩き出した。


マンションに帰った千春がドアを開けると、すでに玄関に涼弥の靴があった。

時刻はまだ二十一時前。今日は仕事の話をしながら食事をして、そのまま少し飲むことになると思うと話していたので、てっきり自分の方が先になると思っていたけど違ったらしい。

「ただいま。涼弥さん、早かったですね」

声をかけながらリビングに入った千春は、視線を巡《めぐ》らせて涼弥の姿を探し、スーツ姿のままキッチンのカウンターに腰を預けてぼんやりする涼弥の姿を見つけた。

「おかえり」

体を捻《ひね》り、こちらに視線を向けた涼弥が淡く笑う。

「どうしたんですか?」

歩み寄る千春が思わずそう聞いてしまうのは、彼の様子にいつもと違うなにかを感じたからだ。

「なにが?」

穏やかな表情のままそう聞かれると、言葉に詰まる。

別に顔色が悪いわけでも、呂律《ろれつ》が回ってないわけでもない。

帰ってきたばかりで、酔い覚ましに水を飲んでぼんやりしていたと言われれば、そうかと納得する様子なのだが、本能的な部分でなにかがおかしいと感じている。

いわゆる女の勘とでもいうところか?

「なにかイヤなことでもありましたか?」

歩み寄った千春が、思わずといった感じで頬に手を伸ばすと、その手を涼弥に掴まれる。

――えっ?

そう思った時には、伸ばした手を引き寄せられ、彼の腕の中に抱きしめられていた。

「おかえり」

息苦しさを感じるほど強く千春を抱きしめて、涼弥はもう一度言う。

「りょ……涼弥さん?」

突然の抱擁《ほうよう》に目を白黒させる千春が、思わず身を捩《よじ》ると、涼弥が抱きしめる腕の力を強めてきた。

「お酒、飲んでるね。食事は誰と？」

千春を強く抱きしめて涼弥が聞く。

「職場の先輩です」

抵抗を諦めて彼の胸に顔を埋《うず》めたままそう答えると、「そう」とため息にも似た呟きが返ってきた。

「楽しかった？」

「……はい」

そのままの体勢で続けられた質問に、一瞬、答えを躊躇《ためら》ってしまったのは、望月のことが頭をよぎったからだ。

楽しい食事会だったけれど、彼女に因縁《いんねん》を付けられた理由が、ＴＵＹＵＫＡの仕事をマキマオフィスが受けたことにあるようで、なんとなくモヤモヤしたものが残っている。

少し返事の遅れた千春の首筋に、涼弥が顔を埋《うず》めてため息を漏らした。

——涼弥さん、仕事でなにかイヤなことがあったのかな？

いつも冷静な彼がこれほど沈んでいるということは、仕事でなにかトラブルがあったのかもしれない。

そうであれば、寄り道などせずにまっすぐ帰ってきて、彼の帰りを待っていたのに。

「ごめんなさい」

自分に縋《すが》るほど弱っている彼を一人にしてしまったことに罪悪感が湧く。

形だけかもしれないけど、それでも自分は彼の妻なのに……

そんな思いから謝罪の言葉を口にすると、突然肩を掴んだ涼弥に距離を取られ、じっと顔を見つめられる。

「なんで千春が謝るの？」

掠れた声で問いかける彼の表情が、切なそうに歪《ゆが》む。なのに、瞳の奥には結婚初夜に見た激しい情熱が見え隠れしているように思うのは気のせいだろうか？

「涼弥さん？」

千春が視線を上げると、涼弥は返事をする代わりに彼女の顎《あご》を持ち上げ、そのまま唇を重ねてきた。

思いがけないタイミングでのキスに、千春の鼓動が大きく跳ねる。

突然の抱擁《ほうよう》と口付けに戸惑いはあるが、彼に求められた喜びの方が勝《まさ》った。

あの夜の艶《なま》めかしい熱が蘇《よみがえ》ってきて、体が敏感に反応してしまう。

頭の芯が蕩《とろ》けるような感覚を覚えながら、千春は彼の口付けに応《こた》えた。

「あっ……ぅ」

しかし、舌が絡む水音と、甘い吐息に酔いしれることができたのはほんの一瞬で、涼弥が突然、腕を伸ばして距離を取る。

「ごめん。このキスはなかったことにしてくれ」

涼弥が千春と視線を合わせないまま言った。

自分のなにが駄目なのかわからないけれど、拒絶されたこと以上に、後悔を滲《にじ》ませた彼の表情に胸が軋《きし》む。

それでも自分が傷付いた顔をすることで、彼を傷付けたくはない。

「……………シャワー浴びて、今日はこのまま休みますね」

精一杯の笑顔でそう言って、千春はバスルームに向かった。

歩き出した時、ポケットの微かな膨らみが気になって探ると、さっき外したイヤリングが指に触れる。

さっきまで、彼から贈られたイヤリングをなくさなくて良かったと思っていたのに、今はそれを見ても心が動かない。

全ての思考を放棄するように、千春はポケットに一緒に入っていた名刺と纏《まと》めて、サイドチェストにイヤリングを置いてリビングを後にした。

◇　◇　◇

シャワーを浴びて休むと言う千春の背中を見送った涼弥は、自責の念に押し潰されるように大きく息を吐いた。

「なにをやっているんだ、俺は……」

唸《うな》って髪を掻きむしったところで、千春にしてしまった行為を取り消せるわけではない。

嫉妬深い自分が嫌になる。

しかも激しく反省しているはずなのに、先ほど千春が置いていったものがなんなのか気になって確認せずにはいられない。

そんな紳士にあるまじき振る舞いをしてしまうのには、もちろん理由がある。

先ほどタクシーで帰宅していた際、車窓の向こうで男性と並んで信号待ちをする千春の姿を見てしまったからだ。

千春が、他の男性に屈託《くったく》のない表情で話しかけるのを目にして、胸の奥から黒い感情が込み上げてくるのがわかった。

しかも千春は、あろうことか信号待ちの時間を利用して、その男とキスをしていたのだ。

相手の腰に手を回し、往来で恥ずかしげもなく口付けを交わす千春の姿に、息が止まりそうな衝撃を受けた。

ただでさえ、一緒に暮らすようになってから今日まで、日々千春が綺麗になっていく気がして、触れずにいるのに限界を感じていただけに、他の男性と口付けを交わす彼女の姿に激情が抑えられなかった。

そこまで許せないのなら、あの場でタクシーを降りて、男から千春を奪えばよかったのかもしれない。彼女の夫である自分には、その権利があるのだから。

それができなかったのは、惚れた男の弱さだ。

感情のまま責めた結果、千春に離婚を切り出されたら目もあてられない。

一緒に暮らすようになって、彼女を思う気持ちは日々増していくばかりなのだ。万が一別れを切り出されるくらいなら、惨《みじ》めでもなにも気付いていないフリを貫く。

交換条件を口実に結婚できたとはいえ、彼女の心までは縛ることができないのでもどかしい。

家に着いてからも、彼女がこのまま帰ってこなかったらどうしようと、そればかりを考えていた。

——千春が帰ってきてくれたことに感謝して、満足するべきだったのに……

抱きしめた千春が朝は着けていたイヤリングを外していることに気付いてしまい、あれこれ勝手な妄想を膨らませて嫉妬し、強引に彼女の唇を奪ってしまった。

「せめて、誰と飲んでいたか、正直に話してくれれば気持ちを抑えられたのに……」

詮《せん》ない恨み言が、無意識に溢《あふ》れてしまう。

誰と飲んでいたのかという涼弥の問いに、千春は「職場の先輩」と答えた。けれど、車から見た、サラリーマンとは思えない相手のファッションを思い出すに無理がある。

チラリとしか顔を確認することはできなかったが、相手は男性にしては小柄で、中性的な顔立ちをしていた。イヤリングと一緒に置かれていた美容師の名刺を見て、そういった仕事が似合いそうだと思う。

男性に免疫のない千春には、背が高く、体もそれなりに鍛《きた》えている自分より、ああいった男の方が親しみやすいのかもしれない。

毎晩自分を避け、逃げるように自室に籠《こ》もる千春を見てそんな気はしていた。

新婚初夜、長年思い続けてきた千春を手に入れた喜びに、気付けば自制心を忘れて彼女の体に溺《おぼ》れてしまった。

初めての相手に無理をさせた自分の身勝手さを反省し、翌日は別々に寝ることを提案したが、涼弥としては、それは一時的な措置のつもりだった。

同じベッドで眠れば、きっとまた自制心を忘れて彼女を求めてしまう。だから千春の負担を考えて、少なくとも一晩はベッドを別にした方がいいのではないかと思ったのだ。

正直に言えば、それでも千春が一緒に寝たいと言ってくれるのでは……という幻想を抱《いだ》いていた。

しかし現実はそんなに甘くない。

涼弥が寝室を別にすることを提案して以降、毎晩、千春は自室で眠るようになってしまった。

初めて千春を抱いた夜、拙《つたな》いながらも自分を求めてくる彼女の姿に、もしかしたら彼女も自分に好意を持ってくれているのではないかと期待した。だが、それは自分に都合のいい幻想だったようだ。

彼女に触れ、家に最愛の人がいる幸せを知ってしまった自分は、もう千春なしの人生など考えられない。

家を守りたい一心で、自分と結婚することになった千春には同情するが、彼女も一乃華銘醸も大事にするから、どうかこの先も自分の側にいてください。

千春がシャワーを浴びる音を遠くに聞きながら、涼弥は静かに祈った。

4　最低最悪の結婚？

「千春ちゃん、今日の夜、なにか予定があるの？」

友奈と食事に行ってから十日ほど過ぎた平日の夕方。

仕事を終えた千春が、手早く自分のデスクを片付けていると、同じく帰り支度をする友奈に声をかけられた。

「なんでですか？」

カバンにスマホをしまいながら、千春は質問に質問で返す。

「なんか今日は、仕事の間中ずっと動きが忙《せわ》しなかったから」

そんなふうに言われると恥ずかしいけど、今日の夜は涼弥との約束があるので、定時で帰るために頑張って仕事を片付けていたのだ。

それにしても、自分はそんなに落ち着きのない働き方をしていたのだろうかと恥ずかしくなる。

「すみません。気を付けます」

素直に謝る千春を見て、友奈が笑う。

「冗談だよ。いつもよりメイクや服装に気合が入っているから、なにか予定があるのかなって思っただけ。もし予定がないなら、そのまま帰っちゃうのは勿体《もったい》ないくらい可愛いから、飲みに誘おうかと思って」

今日の千春は、シンプルな黒のノースリーブとパンツのセットアップに白のジャケットを合わせ、イヤリングやスカーフでアクセントをつけて甘めの雰囲気にしている。

上品だけど可愛い感じになるよう頭を使ったので、そう言ってもらえるのは素直に嬉しい。

ちなみに友奈は、今日もシンプルなパンツルックだ。

「実は今日、外食の約束があるんです」

千春が照れながら言うと、友奈にはそれで察しがついたようで、ニンマリ目を細めて言う。

「わかった。旦那さんとデートするんだ」

友奈のその予想は、半分だけ当たりである。

今日の夜、喜葉竹グループがメインスポンサーを務める、美術展覧会の関係者を招いたレセプションパーティーがあるのだ。

喜葉竹グループの後継者としてホスト役を務める涼弥に、パートナーとして一緒に出席してほしいと頼まれた。

結婚式は涼弥が本社に戻ってから執《と》りおこなうことになっているけど、彼は結婚したことを隠していない。

ただ、千春がまだTUYUKAのホームページを担当しているため、結婚相手が千春であることは式を挙げるまで伏せておくことになっている。しかし今日のパーティーを逃すと、しばらく会えなくなる数人にだけは、千春を紹介しておきたいと涼弥に言われた。

千春にそれを断る理由はない。

会社の近くで涼弥と合流して、会場となるホテルに向かうことになっている。

パーティーが始まる前に、ホテルで着替えて、髪やメイクもプロに手直ししてもらうことになっているけど、涼弥の妻として会場に赴《おもむ》く以上、気は抜けない。いつもより気合を入れて身支度してきたのだ。

もちろん、友奈にそこまで詳しく説明するわけにはいかないのだけど。

「この前、旦那さんの話をする千春ちゃんの様子がちょっと気になってたんだけど、仲がいいみたいで良かったよ」

社員証を外しながら友奈が明るい口調で言う。

この前、冗談で流した千春に合わせて何気ないふうを装《よそお》ってくれていただけで、本当は気にかけてくれていたらしい。

「だから、仲は悪くないんです」

ただ今も変わらず、二人の寝室は別々というだけだ。

あの日、家に帰った千春は、突然涼弥に抱擁《ほうよう》され、濃厚な口付けをされた。

彼に求められていると思って喜んだのも束の間、口付けをなかったことにしてほしいと言われた。

やっぱり自分は、涼弥に女性としては見てもらえないのだろうか。

それだけでも十分に辛いのに、それ以上に辛いのは、涼弥が翌日からも変わらず自分に優しいままで、良き夫として接してくれることだ。

自分だって彼の良き妻になりたいと思うのに、千春だけが一方的に与えてもらっている。

――ギブアンドテイクな関係って難しい。

だから今日のパーティーでは、彼のために頑張りたいと気合が入る。

無意識に握り拳《こぶし》を作り自分を鼓舞《こぶ》していると、友奈に「帰るよ」と声をかけられ、慌てて自分の社員証を外して彼女の背中を追いかけた。

そのまま二人で廊下を歩き、エレベーターへ向かう。

「前も思ったけど、千春ちゃんの『仲は悪くない』って言い方って、『仲良しじゃない』って言っているようにも聞こえて心配になるよ」

何気ない口調で話す友奈の言葉に、エレベーターのボタンを押そうとした千春の動きが止まる。

彼女のあけすけな性格をよく知っているので、自分が思ったことをそのまま言葉にしているだけだとわかってはいるけれど、痛いところを突かれた千春は咄嗟《とっさ》に表情を取り繕《つくろ》えない。

「……」

ちょうどオフィスのある階に停まっていたらしく、ボタンを押すとすぐに扉が開いた。

エレベーターに乗り込んだ千春は、一緒に乗り込んできた人のために扉の開閉ボタンを押す友奈の顔をチラッと見る。

スラリと背が高く、いつもパンツルックでボーイッシュな雰囲気の彼女は、性格もサッパリしていて、人から受けた相談を他人に漏らすようなことはしない。

自分が抱えている問題を相談するのに、これ以上うってつけの相手はいないだろう。

正直、恋愛初心者の千春にとって、この悩みを一人で抱え続けるのは辛くなってきている。

エレベーターが一階に着くと、控えめなベルの音と共に扉が開き、乗っていた人たちが一気に外へと流れ出す。

「あのね、友奈さん……」

他に人がいなくなったのを確認して、千春は思いきって口を開いた。

「旦那さんとの待ち合わせ時間は？　歩きながらでも大丈夫な話？」

千春の表情になにかを悟ったのだろう。降りる人たちのために左手で開閉ボタンを押していた友奈が、袖《そで》から覗く腕時計をチラリと見て聞く。

それに頷き、千春は友奈と涼弥との待ち合わせ場所に向かいながら、ぽつりぽつりと話した。

父が急逝《きゅうせい》し経営が傾いた実家の商売を助けるために、支援をちらつかせる男性とお見合い結婚をしようとした。でもそれはとんだ目論見違《もくろみ》いで、相手の男は、どう考えても家業の立て直しに協力してくれるような人間ではなかった。

結果、相手とトラブルになりそうになった時、ちょうど居合わせた昔からの知り合いに助けられ、その彼から実家への援助と引き換えに結婚を持ちかけられて今に至る。

相手が喜葉竹グループの御曹司であることや、担当しているＴＵＹＵＫＡの部長であることは伏せて、千春が結婚した経緯を説明した。

「で、旦那さんになった人は、千春ちゃんにとっては、初恋の人でもあったと」

改めて確認する友奈の言葉に、千春は頷く。

「初恋……というか、ずっと好きだったんだと思う」

彼に遊び相手をしてもらったのは、すごく小さな頃の話で、その後仕事で再会するまで交流は途絶えていた。

その期間もずっと涼弥に恋い焦《こ》がれていたかと言われれば、さすがにそれはない。

それでも再会した途端、急激に涼弥に惹かれて、この先自分は彼以外の人を好きになることなんてありえないと直感した。

例えるなら、休眠状態の植物に似ている。

発芽する条件が揃っていても、必要なタイミングまで発芽しないのと同じように、幼い頃に芽生えた恋心は消えずにずっと胸の中で眠っていて、彼に再会したことで一気に急成長を始めたという感じだ。今はもう、彼のことしか考えられなくなっている。

そんなふうに心が動くのは、千春にとって涼弥だけが、生涯をかけて愛するただ一人の存在だからだ。

「千春ちゃん、最悪な結婚しちゃったね」

「え？」

好きな人と結婚できたのは幸せなことだ。涼弥は優しく、約束どおり一乃華銘醸を助け、より良い方向へと導いてくれている。

ただ夫婦関係は、セックスレスな状態が続いているだけ。

体の関係がない以外は、涼弥は常に優しく紳士的で、理想的な夫と言えるだろう。

千春が思わず『彼に愛されているのでは？』と錯覚してしまうほどに優しいのだ。

そんな人の妻になれたのだから、この結婚は最悪と言うほどではない。

けれど友奈は、真面目な顔で首を横に振る。

「好きでもない人と結婚するのも辛いけど、好きな人と結婚したのに、ずっと片思いし続けなくちゃいけないって、気持ちがどこにもいけないから失恋するより辛いよね……」

「ああ……」

友奈の言葉で、ずっと心に燻《くすぶ》っていた感情が腑《ふ》に落ちた。

どうしようもなく涼弥が好きで、彼以外の人と結婚するなんて考えられなかった。

だからたとえ条件付きでも彼の妻になれてすごく幸せだから、彼に愛されなくても不満なんて抱《いだ》いちゃいけないと思っていた。

でも彼に女性として愛されない現実が、どうしようもなく切なくて苦しい。けれど、どうしようもなく彼を愛しているから、自分から離れるなんてできない。

なるほど、そう思えば確かに自分は、最悪な選択をしてしまったのかもしれない……

「もし彼に好きな人ができたら、私、どうしたらいいのかな……」

妥協の結果選ばれた妻にすぎない千春に、彼を縛る権利はない。

この先、もし涼弥から別れを切り出されたら、自分は泣いて別れたくないと駄々をこねてしまうだろう。

それを想像するだけで、千春の視界が涙で潤《うる》んでくる。

「千春ちゃん……」

励《はげ》ますように、友奈がそっと千春の肩に手を置く。

彼女の手の温もりを頼りに感情を立て直そうとしていると、不意に後ろから誰かに腕を掴まれた。

「おいっ！　お前っ」

鋭い声と共に強く腕を引かれて、後ろに傾いた体を誰かに支えられる。

「えっ？」

よく知る声に驚いて顔を上げると、これまで見たことのないほど険しい表情をした涼弥の顔があった。

どうやら話に集中している間に、彼との待ち合わせ場所に到着していたらしい。

でも、どうして涼弥がこんな厳しい表情をしているのかがわからなかった。

それに彼が鋭い眼差しを向ける相手は、千春の職場の先輩である友奈だ。

TUYUKAの仕事の際、年配の上司が挨拶《あいさつ》や打ち合わせに同伴することはあっても、友奈が同席したことはない。

だから二人は初対面のはずなのに、彼女のなにに涼弥は腹を立てているのだろう。

「彼女は俺の妻で……」

敵意をむき出しに発した涼弥の言葉が、不意にピタリと止まった。

どうかしたのかと見上げると、彼は切れ長の目をこれ以上ないほど見開いて、友奈を見ている。

よくわからないけどこの隙にと、千春は慌てて彼女を紹介した。

「涼弥さん、この人がこの間一緒に食事に行った会社の先輩で、若井友奈さんです。でね、友奈さん、この人が……」

友奈の紹介に続き、彼女に涼弥を紹介しようとした時、彼が「あ〜」と奇妙な声を上げた。

どうしたのかと見上げると、涼弥が赤面しつつ自分の顔を押さえている。

「……涼弥さん？」

戸惑いつつも千春が声をかけると、涼弥は弾かれたように表情を整える。

「あ、失礼。若井さんが、自分の学生時代の友人によく似ていたものですから」

取り繕《つくろ》うように早口で話す涼弥は、いつものそつのない笑みを浮かべて、友奈に右手を差し出した。

「いつも妻がお世話になっております」

差し出された右手と涼弥を見比べて、友奈が陽気な口調で言う。

「私のこと、男と間違えましたね」

彼女の指摘に、涼弥の眉がピクリと跳ねた。それを見て、友奈はニヤリと笑って続ける。

「だからさっき、怒ったんでしょ？」

思ったことを遠慮なく口にする友奈に、涼弥の顔の赤みが増す。

どうやら図星だったらしい。

友奈は人の悪い笑みを浮かべて握手を交わす。

長身でいつもパンツルックの友奈は、時々男性に間違えられるとよく話していた。

でも近くで見れば、ナチュラルなメイクをしているし、小ぶりなアクセサリーも身につけているので、女性だとわかる。だから、彼が勘違いしてもおかしくはないし、そこまでうろたえなくてもいいと思う。

そう思って涼弥の顔を見上げるが、彼はかたくなにこちらに視線を向けてくれなかった。

「じゃあ、私、そろそろ行くね」

握手の手を解いた友奈が、手をヒラヒラさせて歩き出す。

しかし数歩離れたところでクルリと振り返り、千春に向かって手招きをした。

「……？」

なんだろうと思い彼女に近付くと、友奈は千春の腕に自分の腕を絡めて囁《ささや》く。

「さっきのこと、あんまり心配しなくても大丈夫だよ」

「え？」

「少し考えてみればわかるから」

驚く千春に、友奈はニッと笑う。

そのまま帰ろうとする友奈を、千春は慌てて捕まえた。

「ちょ、ちょっと待ってよ。せめてヒントをっ」

縋《すが》り付く千春の顔を見て、友奈は仕方ないといった感じで耳打ちしてくる。

「じゃあヒント。もし旦那さんの気持ちを確かめたいなら、千春ちゃんの方から離れるそぶりを見せるといいよ」

「え？」

彼女の言わんとすることがわからずキョトンとしていると、友奈は千春の肩をポンと叩き、今度こそ帰っていってしまった。

その背中を見送って振り向くと、こちらを見ている涼弥と目が合った。

でも、気まずそうに視線を逸らされる。

「待たせてすみません」

「そんなことないよ。千春の職場の人に挨拶《あいさつ》できて良かった」

慌てて駆け寄った千春の目を見ることなく、涼弥が言う。

感情が読み取れない彼の顔を見上げていると、さっき友奈に対して見せた態度はなんだったのかと思ってしまう。

涼弥は何事もなかった様子で千春の肩を抱き、タクシーを拾える場所へと移動するよう促《うなが》してくる。

ロータリーで客待ちしているタクシーに合図を送り、千春が乗り込む手助けをしてくれる彼は、いつもと変わらず紳士的でそつがない。

千春は、自分に続いてタクシーに乗り込んできた涼弥の顔を盗み見る。

丁寧な口調で行き先を告げる彼が、なにを考えているのか教えてほしい。

友奈は、もし涼弥の気持ちを確かめたいのなら、千春の方から離れるそぶりを見せてみればいいと言っていた。

そうすることでなにかが変わるのなら、試してみたい気持ちはある。

友奈の母親は息子夫婦のもとに家出したと言っていたから、千春の場合は実家に帰ればいいだろうか。

——ちょうどもうじき会社の夏期休暇だし、そのタイミングで試してみようかな？

そんなことを考えていると、視線に気付いた涼弥がこちらへ視線を向ける。

「どうかしたか？」

夏の日没は遅く、車内は沈みかけの柔らかな陽光に満たされている。

差し込む夕日が影を作り、いつも以上に彼の彫りの深さが際立つ。

そんな彼の顔を見ていると、どうしても愛おしさが込み上げてきた。

ずっと片思いをしたまま……さっき交わした友奈との会話を思い出して、千春は切なさに強く拳《こぶし》を握った。

彼を愛おしいと思うからこそ、現状に満足することなんてできない。

与えられてばかりの結婚生活を送る自分には過ぎた希望かもしれないけど、できることなら彼とちゃんとした夫婦になりたいと思う。

そのためには、今の状況を嘆いてばかりいては駄目だ。

「お休みになったら、ちょっと出かけてこようと思うんです」

覚悟を決めた千春が言葉を選んでそう切り出すと、涼弥の顔が一瞬で輝く。

「いいね。新婚旅行もまだだったし、千春はどこに行きたい？」

——あれ、涼弥さんも一緒に？

千春は友奈のアドバイスに従い、彼と距離を取るつもりで言ってみたのに、何故か旅行を提案される。

なにかがおかしい気はするのだけれど、好きな人に笑顔で旅行を提案されて、断れるわけがない。

「どこでもいいです」

戸惑いつつも千春がそう返すと、涼弥が柔らかな表情で頷いた。

「じゃあ、夜にでも一緒に相談して決めよう」

そう言って、涼弥はさっそくスマホを取り出し、なにかを検索し始めている。

「千春好みの店がたくさんあるけど、京都はこの時期暑すぎるかな……でも川床《かわどこ》なら……さすがに今からじゃ予約が難しいな。千春の実家に挨拶《あいさつ》に行くことを考えると、北海道や沖縄みたいに移動に時間がかかる場所も……」

炭酸の泡が弾けるみたいに、涼弥の頭の中では忙《せわ》しなく旅行のプランが生まれては消えていっているらしい。

これも夫としての気遣いの一端なのかと思ったけど、画面を眺める彼の横顔はすごく嬉しそうだ。

――単に旅行が好きなだけなのかな？

なんだか千春の想像とは違う流れになったけど、涼弥の趣味を一つ知れたので良しとしておく。

この旅行が夫婦仲を深める切っ掛けになればいいなと思いつつ、千春は彼のスマホを覗き込んだ。

◇　◇　◇

レセプションパーティーが開かれるホテルで、洒落たデザインのインフォーマルスーツに着替えた涼弥は、一足先に会場へ足を向けた。

「涼弥君」

会場に入るなり名前を呼ばれ、そちらへ顔を向けると、スーツの上に濃紺の法被《はっぴ》を羽織った男性がこちらに会釈《えしゃく》をしてくる。

輪郭は父親に似た細面《ほそおもて》だが、母親譲りのハッキリした二重《ふたえ》の目は千春と同じだ。

「俊明さん、お久しぶりです」

ビジネス用ではない親しみを込めた笑みを返すと、千春の兄である俊明がこちらへ駆けてきた。

「今回は、ウチにも声をかけてくれてありがとう」

俊明が羽織る桜吹雪《さくらふぶき》の腰柄《こしがら》があしらわれた法被《はっぴ》の襟《えり》元には『一乃華銘醸』の文字がある。

「いえ、ウチとしてもパーティーに花を添えていただいて感謝しています」

立食形式の今日のパーティーは、様々な料理に合わせたドリンクが準備されているが、日本酒は喜葉竹グループのものだけが提供される予定だった。

だが海外からのお客様も多いため、幅広く日本酒の良さを知ってもらうために、違う酒蔵《さかぐら》の酒も並べて飲み比べてもらった方がいいと提案すると共に、一乃華銘醸の商品を押した。するとその話を聞いた俊明が、どうせなら日本酒の伝統様式も知ってほしいと、会場でのレクチャー役を買って出てくれたのだ。

将来家を継ぐことを視野に国立の農業大学で学んだ彼は、博識で語学も堪能なので、海外のお客様相手でも、聞き手を飽きさせない興味深い話をしてくれることだろう。

そして興味を示した人が一乃華銘醸の酒を飲めば、きっと気に入ってくれるに違いない。

「ところで、千春は？」

会場に集まる人を見渡して俊明が聞く。

「千春は、もう少し準備に時間がかかると思います。どうせなら着物姿で一乃華銘醸の商品を紹介した方が、海外のお客様の印象に残りやすいと思って手配させてもらいました」

今日のパーティーでは、ごく親しい人にだけ自分の妻として千春を紹介するつもりでいるが、公《おおやけ》にはもうしばらくの間隠しておくつもりでいた。

そのため今日の千春は、表向きには俊明のサポート役として会場入りすることになっている。

だから、日本文化のアピールとも、正装とも受け取れる着物姿は涼弥にとっても利便性がいい。

――単に千春の着物姿が見たいという下心もあるのだけど。

最初の出会いが着物姿だったせいか、自分は千春の着物姿に弱い。

彼女の見合いの席に乱入した時にもそう実感したので、もっともらしい口実をつけて彼女に着物を着せたいというのが本音だ。

ついニヤけそうになる口元を手で隠した涼弥は、顔を合わせたついでに俊明に確認しておきたいことがあったことを思い出した。

「そうだ、俊明さん。お盆の予定は？　夏期休暇で旅行に行かないかと千春に提案されて」

一応籍を入れる前に両家で集まって食事会をしたし、千春の父の眠る須永家の墓にも報告をさせてもらっている。

それでもお盆期間中に、改めて須永家に訪問させてもらいたいので、俊明たちの都合を確認した上で、旅行の計画を立てたい。

涼弥の言葉に、俊明は少し目を丸くする。

「千春が旅行に行きたいなんて言ったのか？　アイツ、子供の頃からそういう自己主張をすることがなかったから驚いた」

その言葉に、涼弥は深く頷いた。

一緒に暮らしていると、千春が相手を気遣う性格をしていることが伝わってくる。

涼弥は、どうしても付き合いの関係で外食をしてくることが多い。

そんな時、家に帰ると千春はその日なにを食べてきたか、味付けも含めてあれこれ質問しては、「いいなぁ。美味《おい》しそう」と羨《うらや》ましがるそぶりをみせる。

けれどその実、彼女の真意は別のところにあって、翌日の食事メニューが被らないよう気遣ってくれていたのだ。

そして休日は「せっかくの休みはゆっくりしてください」と言ってこちらをねぎらい、どこかに連れていってほしいとねだるようなこともない。

涼弥からすれば、毎日仕事と家事をこなしてくれている千春にこそ、休日はゆっくり過ごしてもらいたいし、彼女をねぎらいたいと思っているのに。

子供の頃の多少やんちゃだった一面を知っているだけに、成長した彼女の細やかな気遣いに触れる度に複雑な気分になる。

それでいて、嬉しいことがあった時の弾かれたような笑い方はそのままで、つい彼女が喜ぶことはなんでもしてあげたくなるのだ。

だから思いがけず千春にどこかに行きたいと提案されて、自分がどれだけ嬉しかったことか。

彼女の気持ちを尊重して、焦らず慎重に距離を詰めようとしたために、多少ぎこちない夫婦生活が続いていた。それをもどかしく思っていた矢先に、彼女の方から歩み寄る切っ掛けを与えてもらったのだ。ぜひとも、これを機にもう少し仲良くなりたいと思う。

恥ずかしくて誰にも言えないが、彼女の職場の先輩を男性と勘違いして、嫉妬してしまったお詫びも兼ねて、千春には旅行を楽しんでもらいたい。

――もっと早く言ってもらえれば、色々と手配できたのに……

というより新婚旅行にも行けていないのだから、本来なら自分から提案するべきだったのだ。

我ながら詰めの甘さが悔やまれる。

別荘なら予約は必要ないが、そういう場所では千春のことだから料理やら洗濯やらといった家事を率先しておこなってしまいそうなので却下だ。

千春には、そういった雑務に気を取られることなく、旅を満喫してもらいたい。

「ウチは、母さんもそういうことを気にする人じゃないし、無理してお盆に来なくていいよ。それより、千春との旅行を楽しんできて」

涼弥が静かに反省していると、俊明にそう声をかけられた。

「ありがとうございます」

「急な結婚で驚いたし、死んだオヤジの気持ちを考えるとちょっと複雑だけど、二人が仲良くしてくれているのは、兄としても嬉しいよ」

しみじみとした口調で語る彼の言葉の意味することはわかっている。

「ウチは、先代に嫌われていましたからね」

喜葉竹グループの経営方針を、千春の父である将志は快《こころよ》く思っていなかった。涼弥の父親である伸介《しんすけ》とはそれなりに付き合いはあったようだが、若輩者である涼弥への当たりはかなりキツかったように思う。

子供の頃、自分と仲良くしたせいで千春が叱られていたのは、涼弥にとっても苦い思い出だし、もし将志が生きていたなら二人の結婚を許してはくれなかっただろう。

それ以前に、彼が健在なら一乃華銘醸が窮地《きゅうち》に陥《おちい》ることもなかっただろうから、千春が自分と結婚することもなかったのだろうけど。

だから今の二人の状況は、彼の死を利用したようで申し訳ないのだが、そこは千春を大事にすると誓うので許してもらいたい。

「ああ、それは……」

俊明がなにか言おうとした時、「五十嵐さん」と涼弥の名前を呼ぶ女性の声が聞こえた。

声のした方を見ると、明るい髪色で、華やかな顔立ちをした女性がこちらに歩み寄ってくるのが見える。

それを見た俊明は「じゃあ、僕はこれで」と、会釈《えしゃく》して日本酒が並べられているコーナーへ戻っていった。

その背中を見送った涼弥は、表情をプライベートなものからビジネスモードに切り替える。

「やあ、望月さんお久しぶりですね」

「やっぱり、五十嵐さんもいらしていたんですね」

こちらに向かってそう微笑みかけてくるのは、以前、ＴＵＹＵＫＡのホームページ作成管理を任せていた笹波企画の社員である望月有紗だ。

今はＴＵＹＵＫＡの担当を外れている彼女に、今日の招待状を送った覚えはないのだが、と怪訝《けげん》に思う。

自分の見せ方を熟知している彼女の笑顔は美しく、実に写真映えするだろう。だが涼弥は、計算尽くの彼女の立ち居振る舞いが正直好きではなかった。

もちろん涼弥だって、仕事を円滑におこなうために愛想良く振る舞うことはある。

だから彼女が仕事相手として自分に愛想良くしているのであれば構わなかったのだが、そうじゃないから面倒なのだ。

「五十嵐さんにお会いできるかなと思ったから、無理を言って招待を受けた子に代わってもらったんです。お会いできて、本当に良かった」

彼女のその言葉に、なるほどと頷く。

今回の展覧会の広報に笹波企画も関わっているので、そちらの担当者に送った招待状を彼女が手にしたらしい。

望月の父親は、笹波企画とも付き合いの長い大手企業の重役だそうで、社内でも多少彼女の扱いには配慮がいると聞いたことを思い出す。

そこまでしてこの場に押しかけておいて、望月は、さも偶然再会を果たしたとでも言いたげな顔でこちらを見上げてくる。

「ええ、喜葉竹グループの一員として、出席するように父に命じられましたので」

だから自分がここにいるのは仕事の一環ですと、それこそ計算尽くのそつのない笑顔を添えて牽《けん》制《せい》しておく。

仕事の話をしている時もそうだったが、彼女は人の話を聞いているようで聞いていないところがあるので困る。

なんというか、すでに彼女の中には理想とする完成図が出来上がっていて、周囲の言動をそれに無理矢理押し込めようとするから齟齬《そご》が出ている感じだ。

ある程度仕事ができる人なので、仕事上の付き合いをする分には問題ないのだが、彼女がその領域を超えようとしてくるので厄介なのである。

自惚《うぬぼ》れるつもりはないが、彼女の中で、喜葉竹グループの御曹司という自分の存在がかなり面倒な場所に収まっているのがわかる。

それゆえに、わざわざ距離を取るようにしているのだが、彼女はこちらの意図を理解できていないらしい。

とはいえ、これ以上は涼弥には関係のない話だ。

「では、私は他のお客様への挨拶《あいさつ》もありますので」

今さら彼女と親睦を深める気はないので、そう会釈《えしゃく》をしてその場を離れようとした時、望月が「えっ」と驚きの声を漏らした。

どうかしたのかと彼女を見ると、その視線が自分の左手に向けられている。

「五十嵐さん、ご結婚されたんですか？」

「ええ、先月」

そう答えてから、驚愕《きょうがく》の表情を浮かべる相手を見てあることに気付く。

望月のことなど全く眼中になかった自分は、千春との結婚と彼女の存在を切り離して考えていた。

だが自分が既婚者になったことで、彼女からの煩《わずら》わしいアプローチをシャットアウトできるのだと思い至る。

そもそも自分は千春を心から愛しているし、彼女以外の女性に心を奪われることなんてありえないのだ。

だから自分に妙な色目を使うのをやめてもらいたいという思いを込めて告げる。

「式は本社に戻ってから挙げる予定ですが、おかげさまで充実した新婚生活を送らせてもらっています」

千春を愛おしく思う気持ちを表情に乗せて、涼弥は言う。

その言葉に、望月のこめかみが跳ねた。

「そんなこと、聞いていませんよ」

「親しい人には、報告していたんですが……」

涼弥にとって望月は、その対象から外れているだけだと暗に告げる。

積極的に人を傷付けたいとは思わないが、千春以外の女性に無駄に優しくする気もない。

ましてやビジネスの境界を強引に乗り越えてこようとする相手に、誤解を招くような優しさを見せる気はないので、鈍感なフリをして幸せそうに微笑んだ。

「……っ」

望月はなにか言いかけたが、言葉が出なかったのかすぐに口を閉じた。

強く奥歯を噛みしめ、ひどい裏切りを受けたような顔をして会場を出ていく。その背中を見送り、これでもう絡まれることはないだろうと安堵した。

◇◇◇

「お、馬子《まご》にも衣装」

涼弥が準備してくれた着物を着付けてもらった千春がパーティー会場に顔を出すと、開口一番、兄の俊明にそう言われた。

「むかつく」

実の兄妹の気軽さで、フンッと鼻息荒く言い返した。

そんな千春の顔を見て、俊明は優しく目を細めた。

「冗談だ。よく似合ってるよ」

「……」

からかわれるのは面白くないけど、改めて言われるとそれはそれで照れる。

しかも俊明が「オヤジにも見せてやりたかったな」なんて言ってくるから、鼻の奥がツンとしてしまう。

「うん」

千春がしみじみとしていると、俊明が千春の着物の生地《きじ》に指を滑らせて呟く。

「これ、プリントじゃなくて、本物の絞りだよな……」

涼弥が千春のために準備してくれていたのは、白大島紬《おおしまつむぎ》の淡い青のグラデーションが美しい生地《きじ》に、絞りで花の文様が描かれた控えめで美しい着物である。

見る人が見れば、匠《たくみ》が手掛けたものとわかる一品だ。

今日の千春は、表向きは兄の手伝いとしてこの場所にいることになっていて、涼弥が紹介しておきたい相手にだけ彼の妻として挨拶《あいさつ》することになっている。

どんな服装で行けばいいのか悩んでいたところ、涼弥から日本酒の宣伝をしているように見えるので着物はどうかと提案されて、その意見に乗ることにした。

千春としては、実家にある着物を送ってもらうつもりでいたのだけれど、涼弥が結婚一ヶ月のお祝いとして準備すると言って譲らず、今日のこの状況に至っている。

――これ絶対、六桁後半はする品だよね。

下手をすれば七桁かもしれない。帯や小物も入れれば、確実に超えているだろう。

母方の祖母が着物好きだったので、俊明も千春も年齢の割には知識があり、この着物の価値がわかってしまう。

「まあ、涼弥君からすれば、自分の妻に安っぽい格好をさせるわけにはいかないんだろうけどな」

「そう……だよね」

今日のこの着物だけでなく、涼弥はあれこれと理由を付けては服やバッグ、アクセサリーといった品々を千春に贈ってくれる。

わかりきっていたことなのだけど、自分と涼弥では住む世界が違うのだと実感してしまう。

五十嵐家の人々が気さくな付き合いをしてくれているので、つい忘れそうになってしまうけど、一乃華銘醸と喜葉竹グループでは格が違いすぎる。

——本当に私が、涼弥さんの奥さんでいいのかな？

そんな弱気に襲われながら会場に視線を向けると、人だかりの中に彼の姿が見えた。

華やかな装《よそお》いの人たちに囲まれていても、涼弥は特別な存在感がある。

もちろん涼弥が喜葉竹グループの後継者ということもあるけれど、それだけじゃない圧倒的な存在感で周囲の人を惹き付けている。

少し離れた場所で見ているからこそ、それがよくわかった。

——涼弥さんは、近くて遠い。

物理的にも、精神的にも。

隣を見ると、俊明が流暢《りゅうちょう》な英語で海外からのお客様に、同じ米と麹《こうじ》を使っても、軟水で造った日本酒は『女酒』と呼ばれてまろやかな味になり、硬水で造った日本酒は酸味が強く辛口の『男酒』

になるといったことや、最近では日本酒の麹《こうじ》と、白ワインの酵母をブレンドした軽やかな舌触りの日本酒があることなどを説明している。

精米歩合の違う米の見本まで用意して、使用する米の精米歩合六十パーセント以下のものでなければ吟醸酒を名乗れないことなどを丁寧に説明する兄の話に、海外のお客様が興味深そうに聞き入っている。

一乃華の商品だけでなく、日本酒全体の良さを知ってもらいたいという気持ちが溢《あふ》れている俊明の姿は、見ていて気持ちがいい。

千春もそんな兄を少しでもサポートしようと、お酒の提供をしながら、酒粕《さけかす》を使った簡単な料理などを紹介したりしていた。

酒粕《さけかす》には美肌効果があると言うと、女性はわかりやすく興味を示してくれる。

そんな反応を示した人には、さりげなくTUYUKAの商品を勧めたりしてみた。

「酒粕《さけかす》って、どこで手に入るの？　君の店で買える？」

興味を示してくれた中年の女性に、酒粕《さけかす》を使った料理や、酒粕《さけかす》を原料にしているTUYUKAの商品を紹介し終えたタイミングで、そう声をかけられた。

見ると、西洋系の顔立ちをした男性が、人懐《なつ》っこい笑みを浮かべて立っている。

「申し訳ありませんが、ウチの店の酒粕《さけかす》は県外にある本店でしか購入できません。ただ、酒粕《さけかす》自体は今はスーパーやインターネットなどで手軽に購入できますよ」

「いやいやどうせなら、君の店の酒粕《さけかす》で、君のお勧めのレシピを作ってみたい」

見た目こそ西洋系だが、話す言葉は流暢《りゅうちょう》な日本語だ。

聞き取りやすい日本語で「なんだったら、君が僕のマンションまで作りに来てくれてもいいんだよ」と言いながら、スマホを取り出して距離を詰めてくる。

さすがに対応に困り、千春がわずかに後退《あとずさ》ると、横から伸びてきた大きな手が、相手の手首を掴んで動きを阻止する。

見ると涼弥が男性の手首を掴んで、相手に冷ややかな眼差しを向けていた。

「涼弥さん……？」

「やあ、アレク。ちょうど君を探していたところだ」

涼弥にアレクと呼ばれた男性は、彼の厳しい眼差しを受けてビクリと肩を跳ねさせた。

涼弥が掴んでいた手を離すと、アレクはスマホをしまい、その手を涼弥に差し出す。

「Mr.《ミスター》五十嵐、本日はお招きいただきありがとうございます」

涼弥に挨拶《あいさつ》をする彼は、先ほどまでの人懐《なつ》っこい反面やや軽薄そうな雰囲気を引っ込めて、引き締まった表情を見せた。

「ようこそ。今日は以前君に頼まれていた件についで話をするのに、ちょうどいいと思って」

差し出された手を握る涼弥も表情こそ笑顔の形を作っているものの、纏《まと》う雰囲気は真剣で、ビジネスモードであることが伝わってくる。

この場合、自分は他人のフリをした方がいいだろうと、千春は小さく会釈《えしゃく》をしてその場を離れようとした。

しかし涼弥が、千春の肩に腕を回してその動きを止める。

え？　と思った時には、千春は涼弥の隣に抱き寄せられていた。

「仕事の話をする前に、まずは私の妻を紹介させてもらいたい」

そう話す涼弥は、千春へと視線を向けて優しく微笑む。

着物姿の千春を見やり『私の妻』という言葉を口にした彼は、舌の上で飴《あめ》を転がすような甘い表情をしていて、ドキッとしてしまう。

――涼弥さん、相変わらず無駄に色気ありすぎ……

つい彼に見惚れてしまいそうになるけど、今はそんな場合じゃないと気持ちを引き締める。

彼が千春を妻と紹介したということは、その役割を果たすべき時なのだ。

「はじめまして。五十嵐の妻の千春と申します」

彼に肩を抱かれたまま、左右の手を重ねて丁寧に腰を折る。その所作を見たアレクが、控えめな音量で口笛を鳴らした。

「なるほど。恐ろしいほど冷徹な君でも、こんな可愛いワイフをもらえば、そういう甘い表情を見せるんだな」

からかうアレクの言葉に、涼弥は若干苦い顔をする。

そんな彼の顔を見上げて、千春は小さく首をかしげた。

以前ＴＵＹＵＫＡのスタッフも、涼弥は仕事に厳しいと話していた。だけど千春の知る彼は、大人の余裕を感じさせる優しい人だ。

匂い立つような色気を漂《ただよ》わせて、こちらを翻弄《ほんろう》してくるという意味では困った人ではあるのだけど、怖いと思ったことはない。

自分が知る涼弥と、周囲が思う涼弥に微妙なズレを感じるのは何故だろう。

不思議に思って見上げても、涼弥は微笑むだけだ。

紹介を終えた涼弥は、アレクの肩を叩き俊明の方へと誘導する。

「さっそく本題だが、君に妻の兄を紹介したくて呼んだんだ。酒粕《さけかす》料理のレシピも、彼が教えてくれる」

だから君が千春の連絡先を知る必要はないと釘を刺して、アレクに俊明を紹介する。

涼弥によると、アレクは海外に向けて日本文化の情報発信することを生業《なりわい》としていて、日本文化を正しく丁寧に紹介するアレクのサイトは、かなりのユーザー数を抱えているとのことだ。

涼弥の思惑としては、アレクに俊明を紹介することで、一乃華銘醸の認知度を上げると共に、商品の宣伝に役立つと考えているようだ。

「千春は、慣れない着物で疲れてない？」

二人の紹介を済ませた涼弥が、千春に視線を向けてくる。

「はい、大丈夫です」

しかし彼は、俊明に断りを入れて千春を休憩スペースへ連れていく。

「アレクは悪い人間ではないが、少々女性に対して軽薄なところがある。だから俊明さんと彼を引き合わせるなら、まず千春は自分の妻だと伝えておきたかった」

歩きながら涼弥がそんなことを言うので、ドキドキしてしまう。

千春を椅子に座らせた涼弥は、一度その場所を離れると、左右の手にグラスを持ってすぐに戻ってきた。

「炭酸水とレモネード、どっちがいい？」

そう言って彼が差し出したグラスの中身は、どちらも千春の好みに合ったものだ。

千春がレモネードのグラスを受け取ると、涼弥は炭酸水に口をつける。

こちらへの思いやりに満ちた彼の態度を見ていると、やっぱり『恐ろしいほど冷徹』なんて言葉とはほど遠いと思う。

「アレクさんの件、ありがとうございます」

「いや。ＴＵＹＵＫＡのイベントで知り合った彼に、日本酒についてのレクチャーを頼まれていたんだが、喜葉竹は規模が大きい分、俺一人の裁量で動けない部分も多い。だったらいっそのこと、俊明さんに任せた方がいいと思ったんだ」

この件で助けてもらったのは自分の方だと涼弥は話すけど、そうでないことは千春も気が付いている。

涼弥には、今日のパーティーで千春を妻として紹介しておきたい相手が数人いると言われていた。そう言われた時は、妻として仕事関係の人に挨拶《あいさつ》をするものだと思っていたけど、どうやら彼の本心は違ったようだ。

涼弥が千春を妻と紹介した相手は、一乃華銘醸に利益をもたらしてくれそうな人ばかりだった。アレクのように千春の連絡先を聞いてこようとした人は初めてだったけど、千春が涼弥の妻と紹介された後、彼らは千春の実家である一乃華銘醸にも興味を示してくれるのだ。

「千春は着物がよく似合うな」

炭酸で唇を湿らした涼弥は、感慨深そうな表情で「初めて見た時も、着物姿が可愛くて、お人形のようだと思ったよ」と付け足す。

初めて見た時……というのは、先日のお見合いで、千春の着物姿を見た時のことだろうか。

本当は初対面の子供の時にも千春は着物を着ていたのだけど、彼がそんな昔のことを覚えているとは思えない。

「着物、ありがとうございます」

今日の涼弥はホスト役としてかなり忙しいらしく、涼弥が千春に声をかけてくる時は、一乃華の利益に繋がる人を紹介する時だけだった。

それで今さらながらのお礼になってしまったと謝る千春を前に、涼弥は困り顔を見せた。

「着物、気に入らなかった？」

「まさかっ！　そんなことないです」

職人技を感じさせる着物は、かなり上質な品で、千春の身に余ると思っているだけだ。

——どう考えても、この結婚で私ばっかりが得している。

このパーティーで、改めてそれを痛感させられた。

もちろん、涼弥がここまでサポートしてくれるのは、一乃華銘醸が潰れるのを惜しんでくれているからこそだと思う。

だとしても、一乃華への支援も含めて、自分に対する涼弥の優しさは桁外れで、千春は彼の優しさに見合ったなにかを返せずにいることが歯痒《はがゆ》いのだ。

そんな思いを早口に説明する千春の話を聞いた涼弥は、二本の長い指で顎《あご》のラインをなぞりながら言う。

「千春は、どうして俺のために洗濯をしてくれたり、食事の準備をしてくれたりするんだ？」

「それは、涼弥さんの奥さんとして、少しでもできることをしたいから」

いきなり話が飛んだな、と思いつつ千春が答えると、涼弥は「そうだね」と頷く。

「俺もそれと一緒だよ。夫として、自分が千春にしてあげられることをしているだけだ」

「でも……」

「でもじゃないよ。千春は俺が外食をして帰った日は、さりげなくメニューを確認して、同じ食事が重ならないよう気を遣ってくれるし、栄養バランスにもかなり気を配ってくれている。……洗濯にしても、ただ洗うだけじゃなくシミ抜きをしてくれたり、ボタンが取れかかっていれば付け直したりしてくれている。そのついでに力ボタンまでつけてくれていて、気が付いた時には感動したよ」

そう言って涼弥は嬉しそうにクスクス笑う。

「それは、そういうことがもともと得意だっただけで……」

メニューに関しては思い切りバレていたので、ちっともさりげなく聞き出せていなかったとわかり恥ずかしくなる。

てっきり気付かれていないと思っていただけに、ついボソボソと言い訳してしまう。

「俺も一緒だよ」

「え？」

自分と涼弥のなにが一緒なのかわからない。

不思議に思って彼を見上げると、涼弥は一口炭酸を飲んでから言う。

「もともと家事が得意な千春が色々俺を気遣ってくれているのと同じように、たまたま人脈や財力があった俺が、それを君のために活用しているだけだよ」

「なにか違う気がします」

なにが違うかと言えば、まず一番に規模が違う。

千春が彼にしていることは、日常生活の延長線上にあるちょっとした気遣いにすぎず、涼弥のように一乃華銘醸ごと救うような大それたことじゃない。

「じゃあ、千春の力で同じにして」

「え、どうやって？」

「俺は千春の優しさを知る度に、素直に喜んでいるし、それを伝えている。千春も、同じようにしてくれると嬉しいよ」

――確かにそうだ。

千春だって、涼弥のために料理や家事をして、それに対して感謝される以上に恐縮されてしまったら居心地が悪くなる。

こちらの気遣いには敏感なのに、自分の優しさには無頓着《むとんちゃく》なこの人を、つくづく愛おしく思う。

だから千春は、胸に燻《くすぶ》る思いは一旦呑み込んで、彼が求める言葉を口にするべきなのだろう。

「いつも、本当にありがとうございます。妻として、私から涼弥さんにお返しできることはないですか？」

改めてお礼を伝えて、素直にそう聞くと、涼弥は唇にグラスを触れさせたまま少し考え込む。

そして意を決したような顔をして千春に視線を向けた。

「なら、できればもう少し仲良くして」

「へ？」

彼の深刻な表情を見て、なにを言われるのかと緊張していた千春は、拍子抜けして間の抜けた声を出してしまう。

そんな彼女の反応を見て、涼弥は困ったように笑った。

「この前、勢いでキスしてしまったことは反省してるけど、もう少し仲良くしてくれると嬉しいよ」

「だって、それは……」

彼に拒《こば》まれたことがショックで、どう接していいかわからなくなっていただけなのに。

てっきり涼弥は、自分を女性として求めていないのだと思っていたけど、そうじゃないのだろうか……

今の彼の言葉に二人の間の認識のズレを感じる。だけど、胸に湧き上がった疑念を、どう言葉にしたらいいのかわからない。

千春が赤面して目を丸くしていると、涼弥は立ち上がって席を離れる。

「旅行に行くまでに、少し検討してくれると嬉しい」

早口にそう告げた涼弥は、柔らかく微笑むと知り合いらしき人のもとへ行ってしまった。

「なにそれ……」

もちろん千春だって、涼弥と仲良くしたい。

その思いが同じなら、今の関係を変えられるはずだ。

切っ掛けはなんであれ、せっかく夫婦になれたのだから、彼と過ごす日常をもっといいものにしたい。

友奈には『最悪な結婚』と言われてしまったけど、状況をただ嘆いて諦めるんじゃなく、もっと努力してみよう。

それで変わるなにかが、きっとあるかもしれないから。

「旅行……楽しみだな」

ポツリとそう呟いて、千春は涼弥が残していったグラスにそっと口をつけた。

5　重なる気持ち

喜葉竹グループがスポンサーになっているイベントのパーティーに参加した翌週、千春は和歌山県に来ていた。

目的はもちろん、涼弥との旅行だ。

急に決まった旅行にもかかわらず、涼弥は和歌山の離島にあるホテルを手配してくれたので、そこに二泊することになっている。

涼弥と千春の休みが重なるのは五日間。

最初の二日で旅行を楽しみ、帰りの足で千春の実家に挨拶《あいさつ》しに行き、残りの休みは都内のマンションに戻ってゆっくり過ごす予定だ。

涼弥の両親は海外で休暇を過ごすそうで、後日都内で食事会の約束をしている。

ちなみに喜葉竹は社名を改めた際に本社を都内に移しているが、酒造部門は現在も創業の地である二人の地元に残されていて、涼弥の父は状況に合わせて地元の家と都内のマンションを行ったり来たりしているのだとか。


「すごいっ！」

ホテルの送迎船で離島の桟橋《さんばし》に降り立った千春は、目の前の光景に思わず声を上げてしまってから、慌てて口元を手で隠した。

「喜んでもらえて良かった」

高級感漂《ただよ》うホテルを見て、わかりやすくはしゃいでしまった自分を恥ずかしく思ったけれど、隣を歩く涼弥は満足そうな顔をしている。

この地域には小さな島がいくつもあり、千春たちが泊まるホテルはそんな島の一つに建てられていた。一つの島が丸ごとホテルの所有地らしく、島内に宿泊客とホテルスタッフ以外の人はいないのだという。

離島といっても陸から見える距離にあり、乗船時間は十五分程度だ。それでも豊かな緑に抱え込まれるようにして建つホテルを前にした時の非日常感はかなりのものだった。

——ここに来る前から、色々と非日常が続いているんだけど……

涼弥に今回の旅行先に和歌山を提案された時は、行ったことがない土地ということもあり、遠い場所という印象を受けた。

新幹線や特急を上手く乗り継いでも半日はかかるだろうし、車ならこの時期の混雑状況を考えると、それ以上の時間を覚悟する必要がある。そう思っていたのに、涼弥が選んだ交通手段は飛行機で、移動時間は千春の想定の半分以下で済んだ。

しかも涼弥が航空会社の上級会員のため、空港の待ち時間は専用ラウンジでゆっくり待つことができて、至れり尽くせりといった感じである。

そんな彼が予約してくれたホテルは、もちろん高級感漂《ただよ》うラグジュアリーなもので、海を一望できる部屋に通された千春は再度感嘆の息を漏らすことになった。

「すごい。海が見える」

移動中散々海を見てきたし、なんだったらたった今、船で海を渡ってきたばかりだけれど、それでも部屋から見える紺碧《こんぺき》の海は格別である。

絶景に引き寄せられるように、カラカラと窓をスライドさせると、心地よい海風が頬を撫でた。

風に踊る髪を耳にかけると、潮騒《しおさい》がさっきよりはっきりと聞こえる。

「暑くない？」

スタッフが玄関先まで運んでくれた荷物を室内に入れてくれた涼弥が、千春の隣に立つ。

今日の彼は、襟《えり》のない黒シャツに、生成《きな》り色の麻のジャケットを羽織っていて、二つほどボタンを外したシャツの襟《えり》元から見える鎖骨がセクシーだ。

一緒に暮らすようになって、麗《うるわ》しすぎる涼弥の姿にもそれなりに免疫ができたつもりでいたが、いつもとは違うリゾート感漂《ただよ》う彼の姿に見惚れてしまう。

「……どうかした？」

返事をするのを忘れるくらい見惚れてしまったなんて、恥ずかしくて言えるはずがない。

千春は慌てて首を横に振った。

「なんでもないです。海風が気持ちいいから暑くはないです」

絶えず風がそよいでいるし、ホテルが海に囲まれているためか都内で感じるようなもわっとした熱気がない。

庇《ひさし》で直射日光を遮《さえぎ》っている広いテラスには、デッキチェアのセットの他に、専用の露天風呂も設置されている。

ただ涼弥の話では、大浴場や予約して使える貸し切り風呂の方が広くて眺めもいいそうなので、こちらの露天風呂は使わずに終わるかもしれない。

旅行先がこのホテルに決まった際、涼弥に貸し切り風呂の予約をしてもいいかと聞かれて、それを承諾した。

――私に確認したってことは、一緒に入るってことだよね……？

結婚しているにもかかわらず、まだ男性経験が一度しかない千春にとって、それはなかなかにハードルが高い行為だ。

それでも彼の提案を断らなかったのは、今の涼弥とのぎこちない距離感をなんとかしたいと思っているからだ。

先日のパーティーで涼弥に「もう少し仲良くしてくれると嬉しい」と言われたけど、それはどの程度の『仲良く』を意味するのだろうか。

もともと、最初に千春を拒《こば》んだのは涼弥の方なのだ。

初めて肌を重ねた翌日、涼弥に寝室を別にしてはどうかと提案された。自分には女としての魅力がないのだとショックを受けて、それ以降、夜は逃げるように自室に引き籠《こ》もっていたけれど。

――もしかして、私はなにか勘違いをしていたのかな？

そう思う反面、傷付くのが怖くて「自惚《うぬぼ》れるな」と心が警鐘《けいしょう》を鳴らす。

どっち付かずな思いで室内を見渡すと、リビングスペースから見える寝室に目が行く。寝室に置かれている二つのベッドは、どちらもダブルベッドとして使える大きさをしている。

二人で一つのベッドで眠ることもできるし、一人ずつ別々のベッドで休むこともできる。

「……」

ふっと視線を感じて視線を向けると、涼弥と目が合った。

千春がなにを見ていたのか理解した涼弥が、困ったように肩をすくめる。

自分に向けられる彼の眼差しが艶《つや》っぽくて、つい白昼夢のごとく彼と肌を重ねた時の熱が明確に肌に蘇《よみがえ》ってしまう。

——こらこら私、昼間から、なにを考えているの。

彼に抱かれた夜の記憶を振り払うべく、軽く頭を振って千春は自分を戒《いまし》める。

すると不意に、涼弥の手が頬に触れた。

「頬がやけに赤いけど、少し日焼けした？」

彼に頬を撫でられ、心臓が大きく跳ねた。一気に鼓動が速まり、顔がよけいに熱くなる。

さっきまで聞こえていた潮騒《しおさい》が遠のき、自分の心臓の音がやけに耳についた。

あまりにも自分の鼓動がうるさくて、彼にも聞こえているのではないかと心配になってくる。

「——っ」

薄く開いた唇も、シャツの襟《えり》元から覗く鎖骨も全てがセクシーで、女性としての本能が彼の肌を求めてしまう。

「千春……どうかした？」

軽く首をかしげて顔を覗き込んでくる涼弥の唇にばかり視線が行ってしまう自分は、確実にどうかしている。

「なんでもないです！」

脳内を駆け巡《めぐ》る妄想を追い払おうとして、思わず彼の胸を強く押してしまった。

「……ごめん」

千春の腕力で涼弥の胸を押したところで、どうっていうことはない。それなのに彼は、ひどく衝撃を受けた顔をして謝ってきた。

——ち、違うのに……

謝るべきは、勝手に淫《みだ》らな妄想を繰り広げてしまった自分の方だ。

だけど、なにをどう謝ればいいのかわからない。

「えっと……なにかいいことしませんか？」

なんとも言えない空気が二人の間に満ちていくのが耐えられず、千春は咄嗟《とっさ》にそう提案してみた。

「いいことって？」

そう聞き返す彼の瞳に、情欲の色が見え隠れしている気がするのは、絶対自分の妄想のせいだ。

そう言い聞かせて千春は提案する。

「さ、散歩とか？」

自分の妄想を追い払うべく、慌ててそう口にすると、涼弥が一瞬、ほうけた顔をした後で「いいね」と笑った。

◇　◇　◇

ホテルの遊歩道を歩く涼弥は、隣を歩く千春の様子をそっと窺う。

今日の彼女は、白地に小さな青い花の描かれたワンピースに、白のカーディガンを合わせている。

普段は緩く纏《まと》めていることが多いセミロングの髪をハーフアップにしていて、いつもとは違う可愛らしさがある。

さっき部屋で見た時は、赤い顔をしているように思えたけど、今は普通に戻っているので、一時的にのぼせていただけのようだ。

今年の夏も暑い日が続いているけど、海に囲まれているためか、常に心地よい海風が吹いていて、木陰を歩く分にはそれほど暑さが気にならない。

それでも彼女と並んで歩いているだけで妙な熱を感じるのは、さっきホテルの部屋で自分を見上げる千春があまりに可愛くて、引き寄せられるようにその頬に触れたとたん、あっさり理性を失いかけたからだ。

嫉妬心に駆られて強引な口付けをしてしまったことを後悔し、千春から自分を求めてくれるようになるまで自制するつもりでいたのに……

それでもすんでのところで、理性を保てた自分を褒《ほ》めてやりたい。

――だいたい最近の千春の可愛さは反則だ。

日々綺麗になっていく彼女相手に、理性を保つのは並大抵のことではない。

結婚してすぐの頃は、こちらがなにかする度に律儀にお礼を言い、いつもどこか他人行儀でぎこちなかった。

千春が喜んでくれるなら、人生の全てを差し出す覚悟でいる身としては、そんな彼女の姿を見る度にもどかしい気持ちでいた。

けれど、最近ようやく打ち解けた表情を見せてくれるようになったのだ。ここで焦って嫌われては、もともこもない。

とはいえ、この旅行が決まった時、貸し切り風呂の予約を彼女が断らなかったので、つい期待してしまう。

強引に関係を迫るつもりはないが、彼女が自分を求めてくれるなら……という思いまでは、男として捨てられない。

そのせいで、さっき千春に「なにかいいことしませんか？」と言われて、当然のように淫《みだ》らな想像をしてしまい、彼女にそれを悟られなかったかと気が気ではなかった。

――千春が言いたかった『いいこと』は『体にいいこと』の意味なんだ。

もう少しで、彼女を寝室に連れ込むところだった。

「あ、涼弥さんあれっ」

あれこれ自制していると、千春にジャケットの裾《すそ》を引かれた。

涼弥のジャケットを掴んだまま、もう一方の手で道の先を指さす。

見ると、見晴らしのいい小高い場所に石造りのベンチがあり、足下から湯気が昇っている。

「ホテルの人が言っていた足湯だな」

海を一望しながら楽しめる足湯の存在はホームページにも載っているし、館内地図に描いてあった。しかし千春は、まるで自分が大発見でもしたように顔を輝かせている。

彼女の素直な反応を愛おしく思いつつ「入ってみる？」と聞くと、千春は大きく頷いて小走りになる。

二人並んでベンチに腰を下ろし、サンダルを脱いで足を浸《ひた》すと、硫黄《いおう》の匂いを強く感じた。

「こんな素敵なホテル、よく取れましたね」

感心した声で呟く千春は、目の前に広がる景色に心を奪われているようだ。

彼女が旅行を提案してくれたのが約一週間前。繁忙期ということもあり、そのタイミングでこの宿が取れたことが不思議でならないらしい。

「ああ……。それは、叔父がこのホテルの予約を譲ってくれたからだよ」

長期休みを前に、お互い仕事が忙しかったこともあり、その辺についての説明をしていなかった。

「叔父さん……って、ＴＵＹＵＫＡの社長さんですよね？」

千春の言葉に、涼弥は軽く頷いて経緯を説明する。

喜葉竹グループの子会社であるＴＵＹＵＫＡの社長は、父方の叔父が務めている。

その叔父が、仕事の合間を見つけては、あれこれ旅行サイトを調べている涼弥に気付き、『結婚祝いに』と自分が予約していた宿を譲ってくれたのだ。

最初は申し訳なく思って遠慮したが、叔父夫婦は以前にも泊まったことがあり、どうしてもこの夏泊まらなくても大丈夫と言われた。その代わり、涼弥の所有する伊豆の別荘を使わせてほしいと提案されたので、甘えさせてもらうことにしたのだ。

なんとなく叔父の顔に「だから、仕事に集中してくれ」と書いてあったような気もするが、普段人の倍は仕事をこなしているのだから、多少は目を瞑《つぶ》っていただきたい。

「お目にかかる機会があれば、私からもお礼を言わせてくださいね」

ホームページの件は涼弥に一任されているため、千春はＴＵＹＵＫＡの社長とは直接会ったことがない。

「ホームページの件が落ち着いたら、紹介するよ」

涼弥の言葉に、千春がはにかむように笑う。

以前のように、涼弥の言動に萎縮《いしゅく》することがない姿に、少しは自分たちの距離が縮まったのだとわかる。

このまま急ぐことなく、時間をかけて彼女と夫婦らしくなっていければと思う。

なにせ自分は、なにがあっても千春を手放す気などないのだから。

「ちょっと熱いけど、それがいいですね。アイスを食べたら、きっと美味《おい》しいですよ」

ベンチに両手をついた千春が、脚を動かして水面を揺らして遊ぶ。

「じゃあ、後で食べようか」

そう誘うと、彼女はそのお誘いを待っていましたとばかりににこりと笑う。

「……涼弥さん、どうしました？」

あまりの可愛さに思わず顔を手で覆うと、千春が不思議そうな表情を浮かべた。

ベンチについた手でバランスを取り、こちらを覗き込んでくる千春の表情がまた可愛くて、目のやり場に困る。

「千春があまりに可愛いから、困っているだけだ」

彼女にジッと見つめられ、いつまでも視線を逸らしているのが勿体《もったい》ない気がしてきた涼弥は、降参と言いたげに両手を上げて言う。

その言葉に、千春が驚いたような表情を見せた。

脚の動きを止め、両手で自分の口元を押さえる千春の顔が、みるみる赤く染まっていく。

「千春？」

怪訝《けげん》に思って名前を呼ぶと、今度は彼女が目を逸らしてきた。

「そういうこと、言わないでください」

千春は俯《うつむ》いて、脚の動きを再開させる。

髪に半分隠れている彼女の横顔は、耳まで赤い。

自分の発言が気に障ったのかと焦ったけれど、どうもそうではないらしい。

「私のこと、女性として見てないくせに」

拗《す》ねたように放たれた言葉に、ちょっと待てと焦る。

「女性として見てないって……」

驚いて呟く涼弥を、千春は上目遣いに睨《にら》む。

「ちゃんとわかっていても、そんなこと言われると、つい期待しちゃうから……」

「いや……」

そんなことを言われて、期待してしまうのはこちらの方だ。

もしかしてこれまで、自分は大きな勘違いをしていたのかもしれない。

涼弥は千春の肩を掴み、自分の方へ向かせた。

「俺がいつ、そんなこと言った？」

「え？」

涼弥の言葉に、心底驚いた顔をした千春は「だって……」と声を絞り出すようにして続ける。

「結婚した次の日、寝室は別にした方がいいかって言ったじゃないですか……」

彼女の答えに、涼弥はうなだれて大きなため息をついた。

「涼弥さんっ？」

その姿を見た千春が慌てた様子で名を呼ぶので、手のひらをかざして大丈夫だと合図して、頭をフル回転させて考えを纏《まと》める。

どうやら自分たちは、お互いに大きな勘違いをしていたらしい。

「俺が結婚した次の日に寝室を別にしようって言ったのは、一緒に寝たら自分の欲望を抑えられないと思ったからだ」

「え？」

うなだれた姿勢のまま視線を送ると、千春はこれ以上ないほど目を丸くしている。

その表情を見れば、彼女が自分の気遣いを違う意味に捉《とら》えていたのは明確だ。

「俺としては、千春の体をいたわったつもりだったんだよ」

なんとも言えない思いで姿勢を直して、涼弥は言葉を続ける。

「だけど千春は、それから逃げるように自分の部屋に籠《こ》もってしまうようになったから、俺に触れられるのがイヤなんだと思っていた」

別に千春を責める気はないが、つい口調が恨みがましくなってしまう。

「でも……そういう気持ちがあるなら、涼弥さんが……その、最初の日みたいに……」

視線を向けられた千春は、真っ赤になって視線を落として言う。

ボソボソと話す彼女の言葉から察するに、最初の日のように自分が誘えば、千春に拒《こば》むつもりはなかったらしい。

千春はハッとした表情でこちらを見て言う。

「それに涼弥さん、飲んで帰ってきた日、私にキスしたのに、『このキスはなかったことにして』って……。だから私、涼弥さんは、私にそういう気が起きないんだって思って……」

あの言葉は、嫉妬に駆られて突然キスしてしまったことを詫びたつもりだったのだが、千春はそれも違う意味に捉《とら》えて、自分もそんな彼女の反応をまた違う意味に捉《とら》えて……

「もういい」

これまでのお互いの勘違いの数々を考えるのが面倒になった涼弥は、軽く頭を振り千春の顎《あご》を持ち上げた。

「俺はずっと、千春にこうしたかったよ」

それだけ言って、そのまま彼女に口付ける。

突然の口付けに千春は驚いて小さく肩を跳ねさせたが、すぐに自分の手を涼弥の背中に回して、唇を受け入れてくれた。

でも涼弥が舌を侵入させると、こちらの胸を押して距離を取る。

「ここで、それ以上は恥ずかしいです」

一瞬、拒《こば》まれたのかと思ったけど、そういうことなら仕方ない。

赤面して俯《うつむ》く千春の頬に顔を寄せて「じゃあ、続きは夜に」と囁《ささや》くと、彼女は素直に頷いてくれた。

そのことに安堵した涼弥は、彼女の頬に顔を寄せたまま再び囁《ささや》く。

「あと、誰かに取られそうで怖いから、これ以上綺麗にならないで」

涼弥にとっては切実な願いだったのに、千春は冗談と思ったのかクスリと笑うと、返事をする代わりに胸に額を寄せてくる。

そんな彼女が愛おしくて、涼弥はその髪に口付けをした。

◇　◇　◇

夜、ホテルの露天風呂に浸《つ》かる千春は、抱きかかえた膝の上に顎《あご》をのせた。

小柄なため、そうするとアップにして高い位置で纏《まと》めている髪の一部が濡れてしまうし、鼻の下までお湯に浸《つ》かるので、口での呼吸ができない。だけどなんとなく今は、その息苦しさを感じていたい。

先ほど涼弥と散歩をして、ふとした会話の流れでお互いに勘違いをしていたことに気付かされた。

ずっと彼に女性として見てもらえていないと思っていたのも、どうやら千春の思い過ごしだったらしい。

千春にこうしたかった——そう言って、重ねられた唇と、そこから感じた彼の吐息。

その全てを、脳が勝手に繰り返し再生してしまう。

久しぶりに唇を重ね、濃厚な口付けをしてこようとした涼弥を、千春は「ここでそれ以上は恥ずかしい」と言って止めた。

じゃあどこなら、それ以上のことをしていいのかと言えば……

そんなことを考えていると、カラカラと引き戸が開く音がして涼弥が露天風呂に姿を見せた。

「溺《おぼ》れるよ」

鼻先までお湯に浸《つ》かる千春を見て、涼弥がからかってきた。

先に内風呂でシャワーを浴びてきた彼の肌はしっとりと濡れて、髪から水が滴《したた》る様《さま》は、ひどく艶《つや》っぽい。

大人の男の色気に溢《あふ》れている彼の姿に、赤面した千春の口からブクブクと泡が昇る。

まだまだ男性に免疫のない身としては、目のやり場に困る眺めだ。

千春は逃げるように露天風呂の端に移動して、視線を海へ向けた。

「千春、おいで」

でも湯船に入ってきた涼弥は、そんな彼女の腰に腕を回し自分の方へと抱き寄せてくる。

浮力も手伝い小柄な千春の体は、あっさり涼弥の膝の上に収まってしまう。

「え、あの……」

子供のように彼の膝に抱かれ、背中に彼の胸板を感じるだけでもかなり恥ずかしいのに、臀部《でんぶ》に熱くいきり立つものが触れているのだから、慌てずにはいられない。

「慌てなくても、ここで抱いたりしないよ」

頭の中が真っ白になって、千春が身をこわばらせていると涼弥が甘い声で囁《ささや》く。

「え？」

てっきりすぐにそういった行為に及ぶのかと思って緊張していた千春の体から、力が抜ける。

肩越しに彼を窺うと、涼弥は千春の目を覗き込んできた。

「それとも、千春はこのまま俺に挿《い》れてほしかった？」

「そ、そんなこと……」

千春が慌てて首を横に振ると、涼弥は左手で彼女の右頬を押さえて左の首筋に顔を寄せて囁《ささや》く。

「嘘つき」

彼の声はいつになく艶《つや》っぽくて、首筋に彼の吐息を感じるだけで背筋がぞくぞくと痺《しび》れる。

「……っ」

思わず背中を反《そ》らせると、その分前に突き出す方になった千春の胸の膨らみに涼弥の右手が重ねられた。

「あっ」

突然胸を鷲掴《わしづか》みにされて、千春は驚いて湯を跳ね上げる。

涼弥は千春のそんな素直な反応が面白かったのか、二度三度と強弱をつけて彼女の胸を揉みしだいた。

その度に、千春は甘い声を漏らして身悶《みもだ》えてしまう。

「千春、本当は俺にこういうことしてほしかったの？」

涼弥は頬を押さえる左手の親指で彼女の唇をなぞり、右手で胸を揉みしだく。そうしながら、舌で千春の左の首筋を愛撫《あいぶ》する。

「あ、や、こんな場所で駄目っ」

そんなのは綺麗事にすぎない。

彼から与えられる刺激に翻弄《ほんろう》され、身を捩《よじ》る度に臀部《でんぶ》を擦るものがある。触れ合う肌で彼の熱を感じて、ずっと彼に触れてほしいと思っていた体は、素直な反応を示してしまう。

千春の本音はお見通しといった感じで、涼弥は千春の体を甘く痺《しび》れさせていく。

「あぁんっ」

すっかり硬くなっている胸の尖りを指で摘《つま》まれ、千春は切ない声を漏らした。

涼弥は千春の耳元に顔を寄せて囁《ささや》く。

「気を付けて。あまり大きな声を出すと、他の人に聞かれちゃうかもしれないよ」

歌うような口調で忠告する彼は、右手で千春の胸を刺激し続ける。

ツンと突き出した胸の先端を彼の指が擽《くすぐ》る。その度に千春の体は甘く痺《しび》れて、もどかしさから熱っぽい声が漏れてしまう。

自分たちがいるのは貸し切り風呂だけど、塀で隔てられた隣には一般のお風呂があり、利用者がいれば千春の声が聞こえてしまうかもしれない。

——そんな忠告をするなら、触るのをやめてくれればいいのに。

両手で自分の口を押さえて、恨みがましい視線を涼弥に向けた。

それなのに、涼弥はニッと口角を上げただけで、千春の体を解放してはくれない。

「冗談だよ。波の音が大きいから、そんな簡単には聞かれない。だから……」

そう言いながら涼弥は、千春の頬を押さえていた手を離し湯船の中へ沈める。

「安心して俺の腕の中で乱れて」

どこか意地の悪さを含んだ声で囁《ささや》いた彼は、湯船の中で千春の陰唇を撫で、熱く熟している蕾《つぼみ》を擽《くすぐ》った。

「——っ」

さらには敏感な肉芽を摘《つま》まれて、千春は口を押さえたまま身悶《みもだ》えた。

「ふぅ……うっふぁぅ………ぁあっ」

大丈夫だと言われても、誰かに声を聞かれてしまうのではないかと気が気じゃない。

なのに堪《こら》えようと意識すると、よけいに肌が敏感になるのか、声が抑えられなくなる。

口を押さえ、体をくねらせることで悦楽《えつらく》の波を堪《こら》えようとした。その間にも、涼弥はまだ硬い陰唇を割り開き指を二本沈めてきた。

その指は、中で媚肉を擽《くすぐ》り、襞を広げるように蠢《うごめ》く。

涼弥が指を動かす度に、千春は網にかかった魚のようにビクビクと身を跳ねさせた。

固く閉じている膣に、彼の指が強烈な存在感を刻む。敏感な皮膚にお湯が触れる感覚すらも堪《たま》らない。

「涼弥さん……ここじゃ……………しない……って」

彼の指遣いは巧みで、千春の脳を徐々に甘く蕩《とろ》けさせていく。けれど、屋外でこんな行為にふけるのは恥ずかしい。

千春は、切なく声を詰まらせながら訴えた。

腰を捻《ひね》って彼を見上げると、涼弥は悪戯《いたずら》な笑みを添えて返す。

「しないよ、最後までは」

そう言って一度言葉を切った涼弥は、彼女の首筋に舌を這《は》わせて、右手で胸を揉みしだきながら続ける。

「でも、千春が痛い思いをしないように、ここをちゃんとほぐしておかないと」

ここ……と言いながら、涼弥は膣に沈めた指を出し入れする。

そうしながら、もう一方の手で硬くなった胸の先端を摘《つま》み、くりくりと捻《ひね》られると、背筋がゾクゾクと震えて力が抜けていく。

脱力して崩れそうになった千春は、彼の腕にしがみつき指を食い込ませることでどうにか体を支える。

「あぁっ」

苦しい姿勢で千春が快感に足掻《あが》いても、涼弥は淫《みだ》らな愛撫《あいぶ》をやめてくれない。

「ほら、もっと素直に感じて」

熱い息を吐く千春に唇を重ね、濃厚な口付けを交わしながら、涼弥は愛撫《あいぶ》の濃度を深めていく。

涼弥の男性的な長い指が、千春の中を掻き回し、ゆるゆると媚肉を擦る。

その摩擦で生まれた甘い痺《しび》れが、千春の体を包み込んでいった。

ももを閉じて、彼の手を止めようとするけれど、すでに脚の間に入り込んでいる手を完全に阻《はば》むことはできない。

「はあぁっ……………あぁあ……っ」

千春の動きを窘《たしな》めるように、涼弥の指が深く沈み込み中でぐるりと円を描く。

苦しげに顔を歪《ゆが》める千春の反応を窺いつつ指を動かしていた涼弥が、ある一点に狙いを定めて指を動かした。

「千春はここが弱い？」

言葉としては、疑問形の形を取っているけど、涼弥は答えがわかっているのだろう。

千春の返事を待たずに、同じ場所をしつこく刺激して、千春に快楽を与えていった。

「あ、やぁ……だっ、駄目っ」

臍《へそ》の裏辺りを内側から擦られ、視界にチカチカと白い光が弾ける。もう気持ちいいとしか考えられなくなった。

お湯の温もりと、自分の内側から生まれる熱で、意識が蕩《とろ》けていく。

「気持ちいい？」

彼から与えられる刺激に身を委《ゆだ》ね、千春はコクコクと頷いた。

「すごく……気持ちいい。あ……やぁ…………涼弥さん……」

涼弥の胸に体を預け、浅い呼吸を繰り返す。

「千春、可愛い。もっと気持ち良くなって、俺のことだけ考えていればいいよ」

そう話す涼弥の表情は、どこか意地が悪くて、なのに魅惑的で千春の心を引き付けてやまない。

今さらそんなことを言わなくても、千春の心は子供の頃から涼弥のものだ。

心から愛おしいと思う人の妻となり、女性として求められている。

その幸せを噛みしめていると、涼弥の指の動きがより淫《みだ》らなものへと変化していった。

片手で千春の胸を揉みしだきながら、膣に沈む指が弱い場所を刺激する。

濃密なその刺激が心地よく、無意識に背中が反《そ》って膣が彼の指を締め付ける。

千春のその反応を指で感じ取っているのだろう。薄く笑った涼弥は、その締め付けを楽しむように指を動かしていく。

彼が愛撫《あいぶ》を繰り返す度、水面が揺れて小さな水音を立てる。

波音に比べれば、それは些細《ささい》な水音にすぎないはずだけど、千春の耳には彼の立てる水音ばかりが入ってくる。

「千春、すごく感じてる顔をしているね」

囁《ささや》きながら涼弥は、包皮に守られている千春の肉芽を露《あら》わにする。

「――あっ！」

お湯の中で無防備に晒《さら》されたそこが、千春の神経に強烈な刺激を刻む。

千春はお湯を跳ね上げ、大きく体を震わせた。

もちろん、そんなことで涼弥の愛撫《あいぶ》から逃れることはできない。

わかりやすい千春の反応に気を良くした彼は、「もっと淫《みだ》らな顔を見せて」と愛撫《あいぶ》を続ける。

お湯の中で剥《む》き出しになった肉芽を親指の腹で擦りながら、涼弥は人差し指と中指で隘路《あいろ》をほぐす。

それと同時に、耳朶《じだ》を甘噛みされると、気持ちが良くてどうしようもない。

「千春、もっと脚を開いて」

甘く低い声でそう囁《ささや》かれ、命じられるまま脚を開く。すると、湯の温もりが敏感な柔肉を刺激した。

咄嗟《とっさ》に脚を閉じようとしたけれど、涼弥に「閉じちゃだめだよ」と命じられ、おずおずと脚を広げる。

直後、指で転がしていた肉芽を強く押さえられ、その強い刺激に視界が白く染まる。

同時に、彼の指が沈む膣が激しい収縮を繰り返した。

「――――っ」

「千春の締め付け、すごいよ。俺の指を美味《おい》しそうに咥《くわ》えてる」

そう言って、涼弥が熱い息を漏らした。

「……やぁ」

普段は底抜けに優しい彼の意地悪な物言いに、不思議と体が淫《みだ》らな反応を示してしまう。

言葉で虐《いじ》められながら、体を甘く愛撫《あいぶ》される。相反する刺激が、千春の心身を蕩《とろ》けさせていた。

涼弥はこちらの反応を窺いながら指を動かし、千春の意識を快楽の高みへと押しやっていく。

「あ～ぁぁっ……駄目っ……本当に……やぁっ」

「いきそう？」

そんなふうに言われても、まだよくわからない。

ただただ、怖いくらいに気持ちがいい。

快楽にぼやけた意識が、肉体から離れてどこかに押し流されていくようだ。その感覚が怖くて、千春は涼弥の腕に強く縋《すが》り付いた。

「ふぁぁっはぁ」

断続的に込み上げる快感に、千春は背中をしならせて甘い嬌声《きょうせい》を上げる。

一気に高みまで押し上げられた千春は、ぐったりと脱力し、涼弥の胸に寄りかかった。

「涼弥さん……」

息を乱して彼の名前を呼ぶと、大きな手に頬を撫でられる。

「千春」

愛おしげに自分の名前を呼ぶ声に、背中にゾクゾクとしたものが走った。

涼弥は存在を確かめるように千春を優しく抱きしめてくる。

千春は、万感《ばんかん》の思いを込めて彼の腕に自分の手を添え身を委《ゆだ》ねた。

◇◇◇

「なにやってるの？」

翌日、身支度を済ませて朝食を食べに行こうとした涼弥は、一生懸命ベッドのシーツを乱している千春の姿に怪訝《けげん》な顔をした。

見られていると思っていなかったのだろう、声をかけられた千春が、大きく肩を跳ねさせる。

「………っ」

こちらを振り返った千春は、悪戯《いたずら》が見つかった子供のような情けない顔をした。

「探しもの？」

そう聞いてみたものの、千春が乱しているのは、昨夜使っていない方のベッドだ。

「……ベッドって、使った形跡がなくてもシーツを交換するんですよ」

千春は視線を落として、ぼそぼそと言い訳がましいことを口にする。

そのくらいのことは涼弥も知っているし、別に彼女の行動を咎《とが》めているわけではない。

ただ小柄な千春が、ダブルベッドの上で一生懸命シーツと格闘している様子が面白くて、その目的が気になっただけだ。

——まあ、別にいいけど……

千春が話したくないのなら、無理して聞き出す必要はない。

そう思い、涼弥が改めて食事に誘おうとした時、ベッドから下りてスリッパを履いた千春が、本当に小さな声で打ち明けた。

「片方のベッドしか使ってないなんて、恥ずかしいじゃないですか」

「——っ」

耳まで真っ赤にして俯《うつむ》いた彼女が、可愛くてしょうがない。

昨日、露天風呂で彼女の体を思う存分愛撫《あいぶ》した後、ベッドで深く愛し合った。

これまでの遠回りした時間を取り戻すべく、何度も彼女の体に自分の存在を刻みつけ、そのまま抱き合って眠った。

そのため、二つあるベッドのうち、片方はベッドメイキングした状態のままだ。

新婚夫婦なのだから普通のことだと思うのだけど、千春にとってはどうしようもなく恥ずかしいらしい。

ご要望とあれば、昨夜二人で使ったベッドと同じくらい、このベッドで千春を乱してあげるのに。でもそんなことを言ったら、彼女は赤面して食事どころではなくなってしまうかもしれない。

――あまり虐《いじ》めるのは、やめておこう。

やっと彼女の愛を手に入れたのに、嫌われたくはない。

「これだけクシャクシャにしておけば大丈夫ですよね？」

涼弥の隣に立ち、ベッドの状態を確認した千春が、どこか誇らしそうに言う。

「そうだね」

千春は大きな仕事をやり遂《と》げたような顔をしているけど、室内清掃の人がシワ一つない枕を見れば、昨夜片方のベッドしか使わなかったことだけでなく、彼女の悪足掻《あが》きまで見透かされると思うのだけど。

「なにを笑っているんですか？」

千春がこちらを見上げて、不思議そうな顔をしている。

「ナイショ」

――君の全てが愛おしい。

そんな思いで彼女の額に口付けをして千春を食事に誘った。

6　未来について思うこと

「……っ」

心地よいまどろみの中をたゆたっていた千春は、微かに聞こえるアラームの音に、目を閉じたまま腕を伸ばして音のもとを探り、スマホのアラームを止めた。

――起きなきゃ。

しかし、頭ではわかっているけど、気怠《けだる》くて体が動かない。

普段の千春は、どちらかといえば寝起きはいい方だ。だけど九月最初の水曜である今日は、どうにも体が動かない。

というのも……

「千春」

隣で眠っていた涼弥が、背後から体を抱きしめてきた。素肌に彼の体温が触れる。

どこにも逃さないとでも言いたげに、千春の体に腕を絡めて「おはよう」と甘く掠れた声で囁《ささや》いた。

「涼弥さん、おはようございます」

自分を包み込む彼の温もりにドキドキしながら、千春は彼の腕に自分の手を添えて、朝の挨拶《あいさつ》をする。

そんな千春の髪にキスをして涼弥が聞く。

「もう一度する？」

そう問いかける間にも、彼の手は千春の胸に怪しい刺激を与えてくる。

「えっ！　あ、今日は平日で仕事が……」

このまま行為に及ばれては困ると、千春は慌てて彼の腕から逃れようともがく。

そんな千春の反応を見て、涼弥はフフッと笑った。

「わかってる。今日は会社で会えるから、楽しみにしているよ」

今日は、ＴＵＹＵＫＡで打ち合わせをすることになっている。

「はい。予定どおり、十時半頃に伺います」

「食事の準備をしておくから、ゆっくり起きておいで」

涼弥は千春の頬にキスをして、先にベッドを出ていった。

その足取りはしっかりしていて、昨日の濃密な夜の営みのせいで気怠《けだる》さの抜けない千春とは大違いだ。

「なんかズルい気がする」

引き締まった彼の背中を見送って、千春は枕を抱きしめて唸《うな》る。

先ほどの軽いスキンシップでも、彼に愛される喜びを教え込まれた体は簡単に熱を帯びてしまうのだから、取り扱いには気を付けていただきたい。

八月の旅行でお互いの勘違いに気付いたことで、二人の関係は一変した。

旅行の間、濃密な時間を過ごした二人は、休暇が終わった後も、自然と毎日同じベッドで眠るようになっている。

といっても、千春の体力を考慮してか毎晩肌を重ねるわけではない。

ただ昨夜は、一緒に観た映画がホラー寄りのミステリーで、怖くて涼弥にしがみついていたら、いつの間にかそういうことになってしまったのだ。

枕を抱きしめたまま耳を澄ませると、涼弥が水を使う音が聞こえる。

千春が起きて身支度を済ませる頃には、朝食の準備ができているだろう。

——幸せすぎて、怖いな。

ずっと好きだった涼弥と結婚できただけでなく、女性として求められ、甘やかされる日々に現実味がない。

未だ自分は、長い夢を見ているのではないかと不安になる時がある。

思わず自分の頬をつねり、これが現実であることを確認してしまう。

「痛い」

ということは、これは夢じゃないということだ。

思わずニヤける頬を撫でさすり、千春は床に落ちている自分のパジャマを拾い上げてそれを着た。

寝室を出る時、必ずパジャマを着る千春を、涼弥は「どうせすぐに着替えるのに」と言って笑うけど、恥ずかしいのだから仕方ないではないか。

パジャマを着ている間も、キッチンの方からの物音は続いている。

結婚当初、涼弥の準備してくれる朝食は、フルーツをカットしてトーストかシリアルを出す程度だったが、最近の彼はもう少し凝《こ》った朝食を作ってくれる。

恥ずかしいけれど、彼の言葉をそのまま使うのなら「千春のためだと思うと、料理を覚えるのも楽しいから」とのことだ。

少し遠回りをしたけど、自分たちはいい夫婦になれてきたと思う。

今の二人の関係に強《し》いて問題を上げるとすれば、涼弥が千春に優しすぎて、それに見合うだけのものを彼に返せていないのではないかと不安になることくらいだ。

もちろん自分が、妻としてまだまだ至らない存在であるという自覚はある。

そこは、これからの伸びしろを信じて、見守っていただきたいと思う。

なにしろ自分と涼弥は、この先の長い人生を共に歩んでいくのだから。

「そのためにも、まずは仕事を頑張ろう」

特に今日はＴＵＹＵＫＡとの打ち合わせもあるのだからと、千春は気怠《けだる》さの残る体に気合を入れてベッドを出た。

その日、会社に出勤した千春は、朝の業務連絡や簡単な雑事を済ませるとTUYUKAに赴《おもむ》いた。

概《おおむ》ねのデザインはすでに決まっていて、今は掲載する写真の色味やサイズ、アイコンのデザインといった細かな調整をしているところだ。

打ち合わせも大詰めのためか、今回の打ち合わせには初めて社長も同席していた。

とはいえ打ち合わせ自体は終始和《なご》やかで、TUYUKAではリニューアルを機に決済端末の種類を増やすそうで、その進捗状況を雑談もかねて話してくれた。

「ご提案いただいた件は、一度社に持ち帰って、改めて練り直しさせていただきます」

もう少しで正午を迎えるというタイミングでキリ良く話が終わった。

それでは、今日はこれで……と、片付けを始める千春に、社長であり涼弥の叔父である五十嵐哲《てつ》夫《お》が声をかけてきた。

「須永さん、もしお時間があるなら一緒にお昼でもどうかな」

打ち合わせの際、取引先の関係者に食事に誘われることはままある。

ちょうど昼食時なので、それ自体は自然な流れなのだけど、相手が涼弥の叔父なので確認するように彼に視線を向けると、哲夫も彼に視線を向けて言う。

「部長、時間があるなら君も付き合え」

何気ない口調で誘われた彼は「わかりました」と、社長の誘いを承諾する。

他の社員が退席すると、哲夫は涼弥に馴染みらしい店の名前を告げて、二人で先に行って席を取っておくように告げると社長室に引き返していった。

「すみません、すぐ片付けます」

慌てて手を動かす千春に、涼弥は大丈夫だと声をかけてきた。

「たぶん予約してあると思うから、急がなくていいよ」

「え、そうなんですか？」

片付けの手を止める千春に頷き、社長が告げたのは大事な客が来た時に使う店らしく、利用する際はいつも予約しているのだと教えてくれた。

「なかなかプライベートで話す暇がないから、叔父として挨拶《あいさつ》をしておきたいんだと思うよ」

旅行から戻った際、涼弥を通して哲夫にお礼は伝えたけれど、お互いの予定が合わず直接のお礼が言えずにいた。

「急がなくても大丈夫だから、千春に済ませておく用事があるなら先にしてくれていいよ」

打ち合わせの間、千春のことを「須永さん」と呼んでいた涼弥がごく自然に名前を呼んだ。

それにより、この時間がプライベートなのだと理解して、千春も普段の口調で答える。

「じゃあ、先に会社に電話をかけさせてください」

そう断りを入れて、急ぎの要件がないことを確認し、打ち合わせの流れで食事をすることになったと伝える。

短い通話を済ませた千春は、涼弥と二人でＴＵＹＵＫＡのオフィスを後にした。

哲夫が指定した店は、ここからそれほど遠くないということなので、歩いて移動する。

「こういうの新鮮だな」

オフィスを少し離れると、涼弥がさりげなく千春の手に、自分の手を触れさせる。

互いの手の甲が触れる感覚に顔を上げると、涼弥はアイコンタクトで手を繋いでいいかと尋ねてくる。

ＴＵＹＵＫＡのオフィスは、千春の職場から離れているので、仕事関係者に見られる心配はない。

どちらかといえば、涼弥が関係者に見られることを心配した方がいいと思うが、本人は気にしていないようだ。

それならばと、少し照れながら手を繋ぐ。

デート気分でのんびり歩いていると、彼の名前を呼ぶ声が聞こえて足を止める。

「五十嵐さん」

隙のないファッションに身を包んだ綺麗な女性が、こちらへ駆けてくるのが見えた。

「……あ」

笑顔で駆け寄る女性の姿に、千春は小さく息を呑んだ。

カーキ色のスカートに黒のサマーニットを重ね、首をスカートと同系色のスカーフで彩《いろど》っている。

片方の肩に流した髪は毛先まで手入れが行き届いていて、ファッション誌で紹介されるオフィスカジュアルのお手本のような装《よそお》いをしている女性は、メイクも完璧である。

でも千春が驚いたのは、彼女の美しさに見惚れたからじゃない。

その女性が見覚えのある人だったからだ。

——友奈さんの、先輩だ。

確か笹波企画に勤めている人で、名前は望月有紗といったと思う。

彼女に気付かれないよう繋いでいた手を離しながら、千春はおぼろげな記憶を辿《たど》る。その記憶を裏付けるように、隣に立つ涼弥が「望月さん、お久しぶりです」と声をかけた。

普段とは違う声のトーンに顔を上げると、千春の知らない顔の涼弥がいた。

口調は丁寧で声には穏やかな響きがある。口元はちゃんと笑顔の形を作っているのに、瞳に感情の色を感じない。

初めて見る涼弥の表情に、彼が今ビジネスモードなのだと察した。

いつもと違う彼の雰囲気に戸惑いつつも、邪魔にならないよう気配を消していると、表情を輝かせた望月が話しかけてきた。

「先日は、急に結婚したなんて聞いて驚きましたわ。でもよく考えたら、結婚されたところで、私たちの関係がなにか変わるわけではありませんし」

にこやかに話す彼女に、涼弥はビジネスモードの表情を崩さないまま返す。

「そうですね。今はＴＵＹＵＫＡの仕事は他社に依頼していますから」

以前、彼女に絡まれた際に、もしかしてとは思っていたけど、どうやら本当に千春の前任にあたる笹波企画の担当者は彼女だったらしい。

涼弥は遠回しに「だからもう貴女とは関係ない」と言ったようだが、彼女には通じていないようだ。

「奇遇ですね。今からお昼ですか？　それなら私と……」

そう艶《あで》やかに微笑んだ望月が、誘うように彼の腕へと手を伸ばしてきた。

涼弥は肩を引くことでその手をかわし、そのまま隣に立つ千春の肩を抱く。

「え？」

と、声を漏らしたのは、千春だけじゃなかった。

今初めてその存在に気付いたという感じで、望月が目を丸くしている。涼弥はそんな彼女に見せつけるように千春の肩を抱き寄せて言う。

「話の途中ですが、叔父の誘いで妻と一緒に食事に行くところなので。申し訳ありませんが、この辺で」

「あの……」

涼弥は少し強引に話を打ち切り、そのまま千春の肩を抱いて歩き出す。

彼に肩を抱かれたまま歩く千春は、望月と十分距離ができたタイミングで涼弥に声をかけた。

「勝手に関係を明かして悪かった。あまり関わりたくないタイプの人で、話を早く終わらせたくてつい」

こちらへ視線を向ける涼弥は、心底申し訳なさそうな顔をして謝ってきた。

そういえば以前、ＴＵＹＵＫＡの社員が前の担当者に困っていたという話をしていたことを思い出し、先ほどの望月の態度で納得する。

友奈と食事をしていて絡まれた時に、彼女が望月のことを「ちょっと気難しい人」と評していた。

涼弥は千春と望月に面識があることを知らないから千春を妻として紹介したのだろうけど、あの時の彼女の雰囲気を思い出すと、面倒なことにならないか不安になる。でも純粋に、涼弥に『妻』と紹介してもらえたのは嬉しかった。

だから千春は、申し訳なさそうな顔をする涼弥に首を横に振る。

「奥さんって、言ってもらえて嬉しかったです」

千春のその言葉に、涼弥は一瞬パチクリさせた目を、すぐに嬉しそうに細めた。

「そんなふうに言ってもらえて嬉しいよ。早く結婚式を挙げたいな」

涼弥との挙式は、来年の春、彼が喜葉竹グループ本社に戻るタイミングで挙げることになっている。

式場の準備などを徐々に始めてはいるけれど、まだまだ先といった感じだ。

だから涼弥が千春と同じように、二人の結婚式を楽しみにしてくれているのはなんだか嬉しい。

先ほど感じた不安も忘れて、千春は弾むような足取りで歩いた。

涼弥の叔父でＴＵＹＵＫＡの社長である哲夫が指定した店は老舗《しにせ》の鰻屋《うなぎ》で、涼弥の予想どおり席が予約されていた。

築年数を感じさせる急勾配《きゅうこうばい》の階段を上がった二階の個室で顔を合わせた哲夫は、やはり千春のことを仕事相手としてではなく、可愛い甥《おい》の新妻として食事に誘ってくれたようだった。

家族の食事は、終始和《なご》やかに進んでいく。

「この仕事人間が急に結婚するなんて言い出すから、驚いたよ」

鰻《うなぎ》の白焼きを塩で食べる哲夫が、そう言って笑う。

その言葉に千春の隣の涼弥が苦笑いを零した。

「別に仕事人間のつもりはないですよ。暇だから仕事に専念していただけで」

彼の言葉に、哲夫は「そのようだ」と同じように苦笑いを零して肩をすくめる。

どこかばつの悪そうな涼弥の表情を見るに、二人の間でなにか思うところがあるらしい。

気になって彼を見上げるけれど、視線を逸らされてしまった。

結婚してまだ二ヶ月ほどしか経っていないけど、それでも彼がこういう表情を見せる時はこちらに話す気がないのだとわかるようになっている。

少しずつではあるけれど、自分たちが本当の夫婦になってきているのだと思えて嬉しい。

「ところで……」

肝吸いを啜《すす》りながら、哲夫が千春へ視線を向けてきた。

「千春さんは、いつまで今の仕事を続けるつもりだい？」

「え？」

彼の言葉の意味するところがわからずキョトンとする千春に、哲夫が言葉を続ける。

「今はいいが、式を挙げれば色々と状況も変わってくるだろう。涼弥だって本社に戻れば今以上に忙しくなるし、パートナー同伴で公《おおやけ》の席に呼ばれることも増える。千春さんも、奥様同士の付き合いを求められるようになるだろう。うちの妻なんか、もとが社交的な性格じゃないから、苦労が多いとよくぼやいているよ」

哲夫は学生時代の恋人と若いうちに結婚していた。彼の奥方は、造り酒屋の次男坊と結婚したはずが、あれよあれよという間に喜葉竹グループが世界的大企業に成長し、気が付けば社長夫人などと呼ばれる立場になっていて苦労しているのだという。

「妻には悪いことをしたと思うが、私としては、公私共に妻の存在をありがたく思っているよ」

外では社長などと呼ばれていても、家では妻に頭が上がらないと和《なご》やかに話す彼の口調に、千春を責める感じはない。

ただ純粋に、この先千春には仕事を辞めて、涼弥のサポートをしてほしいと思っているようだ。

確かに喜葉竹グループの現社長である涼弥の父親は、本社のある都内と、酒造工場のある地方を行ったり来たりしているという。

今すぐに涼弥がそうなるということはないだろうけれど、今より忙しくなるのは確かで、このまま千春が仕事を続けていくのは難しいのかもしれない。

「叔父さん、急いで彼女に選択を迫るような言い方をするのはやめてください。俺は千春に、五十嵐家の嫁になってほしくてプロポーズしたわけじゃないんですから」

あれこれ考えて黙り込む千春の隣で、涼弥が朗《ほが》らかに笑って続ける。

「それに今回、マキマオフィスに仕事を依頼してお気付きかと思いますが、千春は優秀なデザイナーです。こちらの都合だけを押しつけるわけにはいきません」

涼弥の言葉に、哲夫は「わかっている」と鷹揚《おうよう》に理解を示す。

「ただな、お前が喜葉竹グループを継ぐことは周知の事実だ。未来が決まっているなら、そのための準備は早い方がいいだろう？」

「そんな気の早い話をすると、まだまだ現役の父が怒りますよ。それに俺は、千春に叔母さんと同じことをしてほしいとは思っていませんから」

「……っ」

涼弥の言葉に、千春は自分の心臓がキュッと縮むのを感じた。

結婚の提案をした際に交わした約束どおり、涼弥は一乃華の支援をしてくれて、千春のことも大事にしてくれている。

そのことを申し訳なく思いながらも、心のどこかでは彼の優しさに甘えて、今の幸せな日常が続けばそれでいいと思っていた。

『俺は千春に、五十嵐家の嫁になってほしくてプロポーズしたわけじゃない』と話した彼の言葉に、嘘はないだろう。

これまでも、涼弥に五十嵐家の嫁としての役割を求められたことはない。

だけど涼弥は、千春の実家である一乃華銘醸の立て直しに尽力してくれている。

もちろん、家同士の付き合いがあってのことではあるけれど、妻の実家という事情が大きいのは確かだ。

——それなのに私は……

自分が妻として、まだまだ至らないと自覚しながら、彼の優しさに甘えて、少しずつ成長していけばいいと、気楽に考えていた。

喜葉竹グループの御曹司と結婚しておいて、なんの覚悟も持ち合わせていなかった自分の甘さを恥ずかしく思う。

視線を落とし、机の下で拳《こぶし》を握りしめる千春に気付くことなく、哲夫は「今は時代も違うしな」と、気を悪くした様子もなく笑う。

誰も千春に今すぐ五十嵐家の嫁としての役割を求めてはこない。

千春がこのまま現状維持を望めば、きっと涼弥も哲夫もその意思を尊重してくれるだろう。

だけど、今さらながらに気付いてしまったのだ。

さっき涼弥は、『急いで彼女に選択を迫るような言い方をするのはやめてください』と言った。

ということは、彼の妻として、自分はいつかその選択を迫られることになるのだ。

見えていた世界が反転し、急に足下が崩れていくような不安を覚える。

それでも涼弥の妻として、千春は必死に笑顔を保つのだった。

◇　◇　◇

「部長、なにか気になる案件でも？」

タクシーで物思いにふけっていた涼弥は、その声に意識を浮上させた。

化粧品の原材料メーカーの視察をした帰りの車内、後部座席に並んで座る叔父の哲夫は神妙な表情でこちらに視線を向けている。

先ほど訪問した会社になにか気になる点があったのか気にしているみたいだが、それは違う。

「なんでもないですよ」

軽く笑って首を振るけれど、叔父は納得いかないらしい。

「なんだ、奥さんと喧嘩でもしたのか？」

と、嫌なところを突いてくる。

「……喧嘩は、していません」

そう返してしまえば、自分の浮かない顔の理由が妻にあると白状したようなものだ。

その証拠に、哲夫は社長ではなく、叔父の顔でニヤリと笑う。

「なんだ、なにをして千春さんを怒らせた？」

シートベルトに阻《はば》まれつつも、哲夫はグイッとこちらに身を乗り出してくる。

愛妻家で長年夫婦仲が良好であることが自慢の叔父としては、可愛い甥《おい》に、人生の先輩としてあれこれアドバイスしたくてしょうがないらしい。

少々面倒くさく思いながらも、涼弥はここしばらくの千春の態度を思い返す。

彼女の態度がおかしいと気付いたのは、九月の中頃のこと。

今はもう九月の末なので、かれこれ半月ぐらい微妙な状態が続いている。

平日にもかかわらず激しく愛し合った次の日、彼女に寝室を分けたいと言われた時は、疲れているからだと思ってあまり気にしなかった。

けれどそれからずっと、寝室を別にする日が続いている。

正確に言えば、その間に涼弥の方から誘う形で数回肌を重ねていた。だが、濃密な愛を交わしたことがあるからこそ、彼女の反応が以前とは異なることがはっきりわかってしまう。次第にそれが苦しくなり、最近では涼弥から彼女を誘うこともなくなっていた。

もちろん千春から自分を誘うこともないので、セックスレス状態が続いている。

涼弥としては、セックスレスであること以上に、千春の態度が変化した理由が気になってしまうがなかった。

彼女がなにか思い悩んでいることは伝わってくるのに、それがなんであるかわからないもどかしさが、日々募《つの》っていく。

原因を探るべく、それとなく聞いてみても、曖昧《あいまい》な表情で言葉を濁《にご》され胸の内を明かしてはもらえない。

千春が本音を明かしてくれない以上に、彼女に安心して頼ってもらえる存在になりきれていない自分に歯痒《はがゆ》さを覚える。

「怒らせたというか、なんだか最近元気がないんです。仕事は完璧だし、家事も普段どおりしてくれているんですけど、なにかずっと悩んでいるようで。でもそれを話したくないみたいなんです。……今週末、ウエディングドレスの試着があるんですけど、それもあまり乗り気じゃないみたいで」

セックスレス云々《うんぬん》を自分の叔父に相談する気はないが、正直なところ夫婦関係の機微については相談したかったので、胸に燻《くすぶ》っていた感情を素直に言葉にしてみた。

最近の千春は、ぼんやりとなにかを考えていることが多い。

食事やリビングで映画鑑賞をするといった、これまでの日常を楽しんでいる時、ふと彼女の視線を感じることがある。

それでどうかしたのかと聞いても、「なんでもない」と返され、その後は必ず不器用に微笑んで、なにかを考え込むのだ。

屈託《くったく》なく笑う千春の表情が好きな涼弥は、彼女がそうやって無理して笑う度に、胸が締め付けられるような痛みを感じる。

「マリッジブルーって、やつじゃないのか?」

涼弥のかいつまんだ話を聞いた哲夫が、あっさりと言う。

単語としては知っていた言葉を耳にした涼弥は、やっぱりそうなのかなと顎《あご》を撫でて考える。

「そういう時は、どうしたらいいいですか?」

好きな相手と結婚できただけで有頂天《うちょうてん》になる単純な男とは違い、女性は繊細な生き物なのだ。しかも千春の場合、涼弥が搦《から》め手で結婚に持ち込んだわけだから、普通の女性以上に思うところも多いのだろう。

「ゆっくりできる時間を持つのが一番なんじゃないか? 今すぐ仕事を辞めるのは難しくても、結婚式までの間休職するなり、自由な時間を持たせてやったらどうだ?」

「ですが、彼女は仕事を楽しんでいますから」

それは確認するまでもなく、仕事に取り組む千春の姿勢を見ていればわかる。

だから自分と結婚したことを理由に、彼女の人生を狭めるわけにはいかない。

涼弥としては千春と結婚できただけで十分幸せで、彼女が自分のかたわらで幸せに暮らしてくれればそれで満足なのだ。

――それにこの先子供ができれば、おのずと環境も変わるのだろうし。

結婚当初に話し合い、妊娠は自然の流れに任せることにしている。

だからその未来がいつ訪れるのかは不明だが、子供に恵まれれば環境変化は避けられない。

もちろん自分もできる限りの協力をするつもりなので、その時の状況を見てお互いの希望を話し合えばいいと考えていた。

未来がどうなるかなんてまだわからないのだ。その時の二人にとって最良の選択を、二人で相談しながら決めていきたい。

なにせ涼弥の人生の指針は、千春の幸せにこそあるのだから。

「そうは言っても、冗談抜きでお前が本社に戻れば、今まで以上に忙しくなる。出張や仕事の使いも増えて、夫婦の時間が削られるんだから、その前に埋められる溝は埋めておいた方がいいぞ」

そう話す叔父は、少し目尻を下げて「世の全てのご婦人が、ウチの妻のようにできた女房とは限らないんだから」と嘯《うそぶ》く。

五十嵐家の人間にとって、これはもうお約束の流れだ。

愛妻家の哲夫は、心の底から『自分の妻より素晴らしい女性はいない』と思っていて、ことあるごとに妻自慢をしてくるのだ。だから周囲は、この流れになってしまうと、はいはいと聞き役に回るしかない。

独身時代の涼弥は、叔父の重度な妻バカに若干引いていたのだが、最近はそれを笑えない自分がいる。

言葉にしてこそいないが、内心では涼弥も『自分の妻より素晴らしい女性はいない』と思っているのだ。

――まさに恋は盲目。

日々それを実感しているが、哲夫のように言葉や態度に示さないだけ、自分はまだ良識人だと思っていた。

「ところで……」

嬉しそうにしていた哲夫が、表情を改めて言う。

「笹波企画の松永《まつなが》君から、ホームページ以外のアカウント編集や広報活動など、なにか協力できることはないかと泣きつかれたんだが……」

ＴＵＹＵＫＡは商品の紹介と販売を目的としたホームページとリンクさせて、化粧品の使い心地やメイクのコツなんかを伝える動画配信をしている。他にも、定期的に美容家やモデルのコラムなどを配信しているアカウントも持っていた。

思ったほどアクセス数の伸びもなく、今後も続けていくか議題に上がっているため、今は更新をストップさせているのだが、新しい企画の提案だけでもさせてほしいのだという。

笹波企画の松永は哲夫の大学時代のゴルフ仲間で、今は笹波企画の役員をしている御仁《ごじん》だ。

涼弥も多少の面識があり、気さくで、人好きのする性格をしている。

もともと最初にホームページの作成と管理を笹波企画に任せることにしたのも、二人に付き合いがあったからだ。

「もちろん、担当者は変えると言っている」

付け足された言葉に、涼弥は顎《あご》に指を滑らせて考える。

もともと笹波企画の仕事に不満があったわけではない。

担当の望月の言動が次第に目に余るようになり、何度か改善を求めたが、彼女の態度に変化が見られなかったので、リニューアルを機に委託先の変更に踏み切ったのだ。

笹波企画とは喜葉竹グループでも付き合いがあるし、幅広い広報活動の実績と、そこで培《つちか》ったノウハウには定評がある。企画力もあるので、望月一人のせいで関係を切ってしまうのは惜しい相手ではある。

なにより、千春の所属するマキマオフィスの規模では、ＴＵＹＵＫＡの動画配信やコラムの仕事まで任せるのは、厳しいかもしれないと涼弥も感じていた。

結婚式の準備にもそろそろ本腰を入れたいところだし、これ以上彼女に負担がかかるのは避けた方がいいだろう。

「わかりました。検討しておきます」

涼弥は哲夫にそう返した。

◇　◇　◇

夜、キッチンに立つ千春は、酒麹《さけこうじ》で漬けたキュウリを切り分け二人分のお茶の準備をしていた。

昼間のうちに、涼弥から今日は夕食の準備はしなくていいと連絡をもらっていたので、てっきり外で食事を取ってくるものだと思っていた。

だけど夕方、千春が家に戻るとすぐに出前の寿司が届き、それを見計らったようなタイミングで涼弥が帰ってきたのだ。

「せっかく千春が楽できるようにと思って、宅配を頼んでおいたのに」

着替えを済ませてダイニングに入ってきた涼弥は、テーブルに置かれたお茶と酒麹《さけこうじ》漬けのキュウリを見て苦笑する。

「お茶を淹《い》れただけですよ」

一緒に出した酒麹《さけこうじ》漬けは、冷蔵庫に常備しているものだ。

手間というほどのことはしていない。

苦笑いする千春に、涼弥はとんでもないと首を横に振った。

「俺は本当に、幸せな結婚をしたと思っているよ」

自分の分の湯飲みに口をつけた涼弥は、幸せを噛みしめるような表情を浮かべる。

少し前の千春なら、彼のそんな表情を見ただけで、天にも昇るような幸福感を味わうことができただろう。だけど、今は状況が違う。

――料理やお茶でそこまで喜んでくれるって、私にそれ以上の期待をしてないってことだよね。

ふわりと卑屈《ひくつ》な感情が湧き上がり、そんな自分が嫌になる。

最近の自分は、いつもこんな感じだ。

これまでは、彼に褒《ほ》められるだけで心が弾み、もっと料理の腕を磨こうと前向きになれた。だけど今は、そのくらいの特技しかない自分の存在が色あせて見える。

というのも、先日、涼弥と彼の叔父である哲夫と食事をした際、自分の存在価値に疑問を抱いたからだ。

六月のあの日、見合いの場に乱入してきた涼弥は、結婚を条件に千春の抱えていた問題を全て解決してくれた。

それによって一乃華の経営危機を回避できただけでなく、千春は長年思いを寄せていた涼弥の妻になり、彼の庇護《ひご》のもと幸せに過ごしている。

そんな身に余る幸福を与えてもらっているのに、自分が涼弥に返せるものは、家事をすることぐらいなのだ。

しかも完璧に家事をこなしているかといえば、そうでもないので心苦しくなる。

仕事をしている千春を気遣ってくれる涼弥のおかげで、その負担はかなり軽い。

互いを尊重し、助け合っていた両親のような夫婦を理想としているだけに、一方的に与えられる状況には満足できない。涼弥を愛しているからこそ、千春だって彼の妻としてなにかをしたいのだ。

それなら哲夫の言うとおり、仕事を辞めて彼を支えるべきなのかもしれないけれど、今の仕事が好きで退職を決断することもできずにいる。

——私、自分の幸せしか考えてないよね。

こんな利己的な人間が、彼の妻でいることに罪悪感が湧く。

もちろん千春だって、こんなマイナス思考な自分は好きになれない。

でも現実問題として、彼の妻として誇れるものが今の自分にあるとは思えないのだ。

だからよけいに、一度ネガティブな方向に傾いた感情の立て直し方がわからなくなっている。

ここしばらくそんな負のループに陥《おちい》っている千春は、涼弥に「座らないの？」と声をかけられて、のろのろと彼の向かいに腰を下ろした。

「いただきます」

千春が手を合わせて食事を始めるのを見届けてから、涼弥も同じように手を合わせて食事を始める。

黙って箸《はし》を動かす千春は、食卓の雰囲気がいつもと違うことに気が付いた。

普段なら、食事をしながら他愛ない話をするのだけど、今日は二人の間に会話がない。

初めは千春が黙っているせいだと思ったが、よく見れば涼弥の態度がいつもと違う。

なにか言葉を探すように、こちらに視線を向けている。そして、口を開きかけてはやめて、また箸《はし》を動かすといったことを繰り返していた。

「涼弥さん、どうかしましたか？」

さすがにこれはなにかある。

そう思って千春の方から話を振ると、涼弥が気まずそうな顔をして口を開いた。

「食事時……というか、家庭に仕事の話を持ち込んで悪いんだけど、千春には先に伝えておいた方がいいと思って」

「……？」

彼らしくない歯切れの悪い物言いに、千春は箸《はし》を置いて姿勢を正す。

そうして視線を向けると、涼弥が心底申し訳なさそうに告げた。

「マキマオフィスさんに任せるか検討していた業務の一部を、笹波企画に戻すことになると思う」

「え？」

突然のことで、思わずそんな声が漏れてしまったけど、彼の考えは理解できる。

会社としては、これを機に他の仕事も任せてもらえればと意気込んでいたが、マキマオフィスの事業規模を考えて、ＴＵＹＵＫＡが判断したのであれば、それは涼弥が謝るようなことではない。

笹波企画の実績を考えれば当然の結果だし、頭ではちゃんと理解しているのに、今の千春は、『マキマオフィスにも、そこで働く千春にも期待できない』と言われているような気になってしまう。

「念のために言っておくけど、マキマオフィスの仕事に不満があるとかじゃないんだ。ただ笹波企画は、喜葉竹グループとも付き合いがあるし、叔父が笹波企画の役員と懇意にしている関係もあって……」

言葉を選びながら話す涼弥の声が、上手く耳に入ってこない。

ダメだと思うのに、いじけた考え方をしてしまう自分が嫌で、彼にも申し訳なくて泣きたくなってくる。

「千春……？」

俯《うつむ》いて黙り込んでいると、涼弥が心配して声をかけてくる。

彼にこんな顔をさせてはいけないと、千春は慌てて首を横に振って笑う。

「なんでもないです。なんだか、かえって気を遣わせちゃいましたね」

ぎこちなく笑いながら、どうにか感情を立て直そうと努力をする。けれど、なかなか気持ちがついてこない。

「いや……そういえば、週末の予定なんだけど……」

そんな千春の胸のうちに気付いているのかいないのか、涼弥が話題を変えた。

週末は、結婚式で着るドレスの試着をする予定になっている。

少し前までは、その日を楽しみにしていたのに、今は素直に楽しめない自分がいる。

「涼弥さん」

声が震えないよう注意しながら千春が名前を呼ぶと、涼弥は口元に穏やかな笑みを浮かべて視線を向ける。

「どうかした？」

彼が自分を妻として大事にしてくれていることも、愛してくれていることもわかっている。

——それを承知で、こんなことを言う自分がキライ。

内心で自分の弱さを嫌悪しつつ口を開いた。

「すみません。週末の予定、延期してもいいですか？」

予定を少し先延ばしにしたくらいで、自分が変われるとは思わないけれど、せめてもう少しだけ気持ちを立て直す時間が欲しい。

なにより、こんな感情を抱えたまま、彼と結婚式のドレスを選びたくないのだ。

だって涼弥は、千春が思い続けた人なのだから。

突然の千春の申し出に、涼弥は少し目を見開いて戸惑いの表情を見せたが、すぐに優しく笑って頷いた。

「最近疲れているみたいだから、無理しない方がいい。式場には、俺から連絡しておくから大丈夫だよ」

千春が想像していたとおりの言葉を涼弥は口にする。

「ごめんなさい。ありがとうございます」

そう千春が頭を下げると、涼弥は「謝るようなことじゃない」と、これまた予想どおりの言葉をくれる。

そんな底抜けの優しさを惜しみなく与えてくれる彼を愛おしく思う。だからこそ、一日も早く気持ちを立て直そうと心に誓った。

7　夢から覚めても

千春とドレスの試着に行く予定だった土曜の午後、涼弥は都内で開催されている展示会に参加していた。

金曜から日曜の三日間、『美容と食の健康マルシェ』をキャッチフレーズに、化粧品メーカーを始めとした美容関係の各種企業がブースを構える他、ヨガやヘアメイクのレクチャーを受けられる体験コーナーもあり、会場の外にはキッチンカーも出展している大がかりなイベントだ。

ＴＵＹＵＫＡも出展しているが、自分の担当する企画じゃないこともあり、もともと涼弥が手伝う予定はなかった。だが今日は、下手に自分が家にいると千春に気を遣わせてしまうと思い、急遽《きゅうきょ》イベントを手伝うことにしたのだった。

展示会は大盛況だったが、メディアで特集を組まれることもある有名な美容家のトークショーが始まると、そちらに人が流れたのか少し客足が落ち着く。

「五十嵐部長がいてくれると、それだけで足を止めてくれる人が増えるから助かります」

大きく伸びをしてそう話すのは、小池《こいけ》という他部署の女性社員だ。

「そんなことないよ。小池君の人当たりがいいからだろう」

まだ入社一年目の彼女は、愛想が良くＴＵＹＵＫＡに興味を示した人にテキパキと試供品を配っていた。

そこでふと、彼女を始めとした五人の社員全員が、忙しさのあまりきちんとした食事休憩すら取れていないことに思い至る。

「長峰《ながみね》さん、これで皆と一緒に表のキッチンカーでなにか食べてきて。しばらくの間、ブースは俺一人で大丈夫だから」

涼弥は財布から取り出した一万円札を、この場で一番の年長者である社員に差し出した。

「あ、いえ、部長……」

涼弥より五歳ほど年上の長峰は、最初恐縮して断ろうとしていたけれど、それより早く小池を始めとした若手社員が「ワッ」と歓声を上げたのでそれを受け取ってくれた。

社員たちの背中を見送った涼弥は、軽く肩を回して気合を入れる。

トークショーが始まったとはいえ、まだそれなりに人の流れはある。

だけどそんなことを言っていたら、いつまで経っても社員に休憩を取らせることができないので、しばらくは自分一人で頑張るつもりだった。

正直、今の涼弥には、なにも考えられないくらい忙しい状況の方がありがたい。

——本当は、きちんと考えなきゃいけないいんだけどな。

TUYUKAのブースに興味を示して足を止める来場者に、試供品を配ったり、簡単な説明をしている間も、頭の片隅では常に千春のことを考えてしまう。

ここしばらく千春の様子がおかしかったことには気付いていた。

だが、叔父の言葉を鵜呑《うの》みにしたわけではないが、いわゆるマリッジブルーというものだろうと、心のどこかで高《たか》をくくり、時期が過ぎれば落ち着くものと考えてしまっていたのだ。

——結婚して約三ヶ月、やっと彼女の心を自分のものにできたと思ったのに……

彼女にあんな顔をさせた、自分の不甲斐なさに腹が立つ。

千春がドレスの試着を延期したいと言い出した時、原因はTUYUKAの仕事の一部をマキマオフィスではなく笹波企画に任せると話したせいかと思ったが、それは違うとすぐにわかった。

あの日、今後の方針についての話を聞いた千春は、多少は残念に思っているようだったが、翌日には気持ちを切り替えて自分にアドバイスを求めてきていた。

これまでの打ち合わせで、自分が提案したプランのなにを気に入り、なにが駄目だと感じたのか教えてほしいと言われて、こちらの言葉を難しい顔でメモする彼女の目には確かに闘志を感じた。

――仕事に情熱を注《そそ》ぎたくて、俺との結婚が煩《わずら》わしくなったのか……？

その可能性はあるのかもしれない。

新婚生活も順調で、涼弥としては式の準備をしながら二人の仲を今以上に深めていければと思っていたのだが、千春は準備に取られる時間を負担に思ったのだろうか。

笹波企画の件に関しては、結婚に向けて忙しくなる彼女の負担を減らすためにもいい判断だと思っていたのだが、それが裏目に出た可能性もある。

――式の準備に取られる時間が負担になるのなら、別に式など挙げなくてもいい。

すでに式場も押さえて、一部の人には式の予定も伝えてある。それを白紙に戻すとなれば、面白おかしく噂する人が出てくるかもしれないが、それで彼女の笑顔を取り戻せるのなら安いものだ。

涼弥にとって一番大事なのは、千春が自分の隣で幸せに過ごしてくれることなのだから。

自分は彼女を心の底から愛しているし、彼女のいない人生なんてもう考えられないのだ。

今の息苦しい状態を改善するためには、千春の本音を聞き出すところから始めなくてはいけない。

一体なにをどうすればいいだろうと考えていると、長峰たちが戻ってきた。

――早かったな……

一瞬そう思ったが、腕時計を見ると四十分ほど時間が過ぎていた。

どうやら自分で思っていたより長く、機械的にサンプルを配り、答えの出ない悩み事に気を取られていたらしい。

「ありがとうございました。部長も休憩してきてください」

代表してお礼を言った長峰が、おつりと一緒に涼弥のために買ってきたコーヒーとドーナツを手渡してきた。

ショッキングピンクのチョコで全体をコーティングされたドーナツには、ウインクするチョコの目玉がついている。三十を過ぎた男が手にするのは、なかなかに躊躇《ためら》われる。

「それ、私が選びました」

そう言って元気良く手を挙げたのは小池だ。

なんとなくそんな気はしていた。

長峰がこちらを見て、「スミマセン」といった感じで肩をすくめる。彼女はきっと普段からこんな感じなのだろう。

一人だけ休憩を取らないのも他の社員に気を遣わせてしまうので、涼弥はありがたくそれを受け取り、ブースを離れて休憩場所を探し始めた。

小池には悪いが、いい年をした男がスーツ姿でショッキングピンクのドーナツにかぶりつくのは、少々恥ずかしい。

屋外の人気《ひとけ》のないベンチを見つけた涼弥は、脱いだスーツのジャケットを椅子の背にかけて腰を下ろした。

館内はずいぶんエアコンが効いていたらしい。今日も外は夏の名残《なご》りを感じさせる暑さだった。

それなりに気を張っていたのか、座った途端、疲労を自覚する。

深く息を吐いて、コーヒーの入った紙コップに口をつけると、思いの外《ほか》本格的な味がした。

なかなか衝撃的な見た目のドーナツも、ビターなチョコレート味の生地《きじ》に、クランベリー風味のチョコレートがかかっていて美味《おい》しい。

――千春に買って帰ろうかな。

見た目も可愛いドーナツにかぶりつく彼女を想像して、表情をほころばせる。

美味《おい》しいものを食べた時、まず心に浮かぶのは千春の顔だ。

それだけじゃない。

綺麗な花に、美しい音楽、自分の感性が刺激されるものに出会う度、まず思い浮かべるのは千春のことだった。

自分が美味《おい》しいと思ったものを、彼女にも食べさせたい。

自分が心動かされた景色を、彼女にも見せたい。

今の自分は、その感覚の全てが、千春に喜んでもらえるものを探すためにあると言っても過言ではないのだ。

そんなふうに、自分の喜びを彼女と分かち合う代わりに、千春には、彼女の苦しみを自分にも預けてほしいと思う。

自分の心は千春のためにあるのだから。

そんなことをあれこれ思案していると、目の前に人の立つ気配がした。

顔を上げた涼弥は、自分の前に立つ人の顔を見て表情を消す。

「こんなところでお会いするなんて、奇遇ですね。五十嵐さんはお仕事ですか？」

わざとらしいほど驚いた顔をしてみせるのは、笹波企画の望月だ。

涼弥は人気《ひとけ》のない場所を探して休んでいたので、偶然ということはまずないだろう。もしかして遠目からこちらを見張って、一人になるタイミングを狙って話しかけてきたのかもしれない。

そう思うとかなり不快だ。

「望月さんは、遊びに来ていたんですか？」

まあ、男である涼弥が警戒するほどのことでもないが。

そう思い、最低限のマナーとして言葉を返すと、望月は当然のように自分の隣に腰を下ろしてきた。

「ええ、なんとなく気が向いて。……五十嵐さんにお会いできるなんて、本当に奇遇ですよね。なにか運命的なものを感じませんか？」

甘えた声で『奇遇』と繰り返すのは、それが嘘だと白状しているようなものだ。

今日、涼弥がこのイベントの手伝いをしているのは、全くの偶然にすぎない。

これまでも彼女とは、思いがけない場所で遭遇することが度々あったが、もしかしたら偶然の再会を装《よそお》うために、涼弥が姿を見せそうな場所に顔を出しているのかもしれない。

その上で、『奇遇』だの『運命』だのという言葉を繰り返しているなら、彼女の面《つら》の皮はずいぶんと厚いらしい。

——まあ、わざわざ指摘することでもないが。

わざと素気《そっけ》なく返すことで、彼女の方から離れていってもらいたいのだが、そう簡単にはいかないらしい。

「そうですね」

涼弥の思いを察することなく、望月は明るい表情で会話を続ける。

「……そういえば五十嵐さんが、弊社との取引の再開を検討していると伺いました」

短い世間話を挟んで、望月がそう切り出した。

——情報が早いな。

千春と話した翌日、叔父に納得のいくプランが提案されれば、笹波企画に任せてもいいと伝えた。

だが、詳しいことはまだなにも決まっていない。

「私、さっそくその企画のスタッフに立候補したんです。また五十嵐さんと仕事をご一緒できるんじゃないかって、今からワクワクしてるんですよ」

嬉しそうに一人で喋《しゃべ》り続ける望月に、これ以上付き合うのが面倒になってきた。

担当は変えると聞いているが、このままだと強引に企画に割り込んできて、また『運命』とか言って騒ぎかねない。

「会社の意向として検討しているだけです。それと私は、じきに本社に戻るので、もし笹波企画さんにお願いすることになったとしても、ご一緒することはないと思いますよ」

冷たく言い放って、涼弥は飲みかけのコーヒーとドーナツを手に立ち上がる。

そのまま一礼して離れようとしたら、まだ話は終わっていないとでも言うように、望月が涼弥の手首を掴んできた。

「なにか？」

冷めた表情で問いかける涼弥に、望月はローズウッドの口紅で彩《いろど》られた口角を綺麗に持ち上げて言う。

「先日、五十嵐さんの奥様を拝見しましたけど、どう見ても不釣り合いです」

「――不釣り合い？」

「ええ。華のない見た目もそうですし、勤めている会社も一流企業とはいえません。私の大学時代の後輩が偶然同じ会社で働いてますけど……」

度を超えた不躾《ぶしつけ》な発言に、怒りで一瞬頭が真っ白になり、後半の言葉が耳に入ってこない。

相手は女性なので、怒鳴《どな》り返したい衝動をどうにか理性で抑え込んでいると、その沈黙をどう思ったのか望月が得意げな調子で言う。

「今の時代、離婚なんて珍しくもない話ですし、間違いは早めに正されて相応《ふさわ》しいパートナーを探されては？」

彼女の表情は、自分こそがその相手だとでも言いたげだ。

だが涼弥は、こんな女を自分が選ぶわけがないという思いでいっぱいになる。

「もし私がなにか間違ったと言うのであれば、それは今この瞬間、貴女の話し相手をしてしまったことでしょうね。人生の限られた時間を、貴女のせいで無駄にしてしまったことを後悔しています」

整った顔立ちと育ちの良さのおかげで、周囲にはよく勘違いされるが、自分は決して優しい人間ではない。

どちらかといえば、かなりキツい性格をしている。

もちろん積極的に人を傷付けたいとは思わないが、自分の前で平然と千春を侮《ぶ》辱《じょく》するような人間に社交辞令でも優しくする義理はない。

「望月さんこそ、そろそろ都合のいい妄想に浸《ひた》るのをやめて、現実と向き合われてはどうですか？少なくとも、仕事抜きの場で、貴女に話しかけられた私が迷惑していると気付いていただきたい」

遠慮なく突き放す言葉を口にする涼弥に、彼女の顔がみるみる憤《ふん》怒《ぬ》に染まる。

プライドの高そうな彼女は今の発言が許せないらしく、一瞬にして、愛情が憎悪に変貌したのがわかった。

さすがにここまで言えば、もう絡まれることもないだろう。

「では、失礼」

涼弥は爽《さわ》やかに笑って、この場を立ち去る。

少し離れてから、ジャケットを置いてきたことに気付いたが、取りに戻る気にはならなかった。

仕方なくそのままTUYUKAのブースに戻った涼弥は、社員に置き忘れてしまったジャケットを取ってきてほしいと頼んだ。

快《こころよ》く引き受けてくれた社員は、涼弥が説明した場所からジャケットを回収してきてくれたが、夜、慰労《いろう》を兼ねて社員たちと食事をしている時、内ポケットに挿していた万年筆がなくなっていることに気が付いた。

◇◇◇

「なにかわからない言葉があった？」

翌週の月曜日、会社のオフィスでパソコンと向き合っていた千春は、声の聞こえてきた方へ顔を向けた。

見ると、離れたデスクで別の作業をしていた先輩スタッフが、こちらに向かって軽く首をかしげている。

その先輩社員に頼まれた資料を作成している最中だったので、別の仕事をしながらも気にかけてくれていたらしい。

「大丈夫です。ちょっと目が疲れちゃって」

こめかみを指で押さえてそう返すと、先輩は「そこまで急いでないから、適当に休憩取ってね」と笑い、自分の作業に戻った。

先輩の気遣いにお礼を言ってパソコンに視線を戻そうとしたら、別のパソコンで作業していた友奈がこちらを見て「休憩しない？」と声をかけてきた。

その声を聞いた先輩が、どうぞと手を振ってくれたので、友奈の誘いに乗り二人で休憩することにした。

マキマオフィスはテナントビルの五階の一角にある。

各フロアに自販機と椅子が設置された休憩スペースが設《もう》けられているので、二人でそこに腰を下ろした。

「疲れた？」

椅子に座るなり無意識に目頭を揉んだ千春に、友奈が聞いてくる。

今千春が任されているのは、先輩がクライアントに提案する検索キーワードに関しての情報収集だ。

先輩の指定したキーワードをパソコンで検索し、それに関連してどんな言葉が出てくるのか、どういった企業がその単語を使っているのかなどを記録していく。

検索するキーワードの数が多いので時間はかかるし、ひたすら目が疲れる。

だけど本当のところは、単調な作業をしながら思考の端であれこれ考えていたせいで疲れたという感じだ。

「どちらかというと、考え事に疲れたって感じです」

「TUYUKAの件？」

正直に答えた千春に、買ったばかりのコーヒーを飲みながら友奈が尋ねる。

会社には、TUYUKAの担当者から聞いた話として、ホームページの管理以外の仕事のうち一部は笹波企画に流れることになりそうだと伝えていた。

それもあって現在TUYUKAを担当している千春は落ち込んでいるのではないかと、気にかけてくれたらしいけど、それは違う。

「落ち込んでいる……っていうのとは、少し違います」

炭酸水を一口飲んで、千春が歯切れ悪く返すと、友奈が「じゃあ、なに？」と聞く。

「もしかして、旦那さんの浮気とか？」

ニッと口角を上げて聞いてくる友奈の顔には、からかいの色が見て取れる。

彼女としては軽い気持ちで聞いただけなのだろうけど、その言葉で千春は土曜日のことを思い出してしまう。

先週、色々な感情を拗《こじ》らせたあげく、土曜日に予定していたウエディングドレスの試着に行きたくないとワガママを言ってしまった。

優しい涼弥は嫌な顔をすることなく、式場に延期の連絡を入れてくれた。

土曜日の予定が延期になったことで、涼弥はTUYUKAが出店しているイベントの手伝いに出かけていき、そのまま社員と夕食を取って夜遅くに帰ってきた。

お土産《みやげ》に可愛いドーナツを買って帰ってきた彼は、恐縮する千春に「予想以上の来場者数で、手伝いに行って正解だった」と話し、ドレスの試着を延期したことは気にしなくていいと言ってくれた。

もちろんその話の何割かは、千春を気遣って大袈裟《おおげさ》に話してくれていることだとわかっている。

そんな彼の優しさに感謝し、いつもどおり家事をこなしていた時、クリーニングに出すために預かった彼のスーツに口紅がついていることに気付いた。

スーツの襟《えり》元の陰についていた口紅は、ローズウッドと呼ばれるこの秋の流行色で、唇に塗られたものが色移りしたようなつき方をしていた。

一見しただけでは襟《えり》の陰に隠れて見えないそれは、千春より背の高い女性が彼と抱き合った弾みでついたような位置にあり、胸にモヤモヤが溜まる。

ジャケットから微かに女性ものの香水の香りもするので、なおさらだ。

「え、あの……ごめん冗談だったんだけど」

千春が土曜日のことを思い出していると、友奈が慌てる。

心底申し訳なさそうな顔をする彼女に、千春は急いで手をヒラヒラさせた。

「そういうんじゃないよ。涼弥さんは、そんな人じゃないから」

その誤解は、涼弥に対して失礼だ。

千春は彼の浮気を疑っているのではなく、こちらが疑うように悪意を持って揉め事の種を撒いた人に腹が立っているのだった。

ちなみに昨日は、涼弥に誘われて彼と買い物に出かけている。

土曜日のイベントの際に、愛用していた万年筆を落としてしまったそうで、二人で新しいものを買いに行った。

落としてしまった万年筆は、彼がアメリカ出張の際に購入した品で、デザインと書き心地を気に入っていただけに残念だと話していた。

今度は千春と一緒に選んだ万年筆を次のお気に入りにしたいと話した彼が、自分に隠れて浮気をするなんて考えられない。

千春のその言葉に、友奈はホッと胸を撫で下ろす。

「だよね。千春ちゃんの旦那さん、一途に千春ちゃんを愛してるって感じがしたもん」

そう言ってフフッと笑う友奈に、千春は首を横に振った。

「さすがにそれはないよ……」

そう謙遜《けんそん》するものの、正直に言うと、千春も彼の深い愛情を感じる時がある。

肌を重ねる時、一緒に食卓を囲む時、些細《ささい》な日常で彼が自分に向ける眼差しを見ていると、『ああ、自分はこの人に愛されているんだな』と思うのだ。

それは夫婦になってからではなく、もっと前から、長い時間をかけて思い続けてくれていたのではないかという気にさせられる。

だけど、さすがにその考えはおこがましいにもほどがある。

彼ほどの男性が、自分に長年思いを寄せてくれているなんてありえない。だから、胸に湧くこの感覚は、長年彼に片思いをしていた恋心が見せる幻想なのだろう。

「そんなの、本人に聞いてみないとわからないよ」

友奈がからかい混じりに言う。悪戯《いたずら》っぽく笑うその顔は、なんだかその答えを知っているような感じだ。

そんな彼女に軽く肩をすくめて千春は真面目に答える。

「もう少ししたら、涼弥さんと今後についてちゃんと話し合うつもりです」

「もう少し?」

こちらの言葉をなぞる友奈に、千春は頷く。

「その前に、自分の芯になるものが欲しくて……」

そう続けた言葉の意味が理解できなかったらしく、友奈の顔にクエスチョンマークが浮かぶ。

そんな彼女にどこから話そうかと考えて、千春はまずこう切り出した。

「私の父は口下手で気難しい人なのに、周りの人に好かれていたんです。それはどうしてなんだろうって、最近ずっと考えていました」

感情を空《から》回りさせて、どうやったら涼弥に相応《ふさわ》しい存在になれるのかと考えていくうちに、父の背中を思い出したのだ。

女性である千春が父親を参考にするのは変かもしれないけど、あれこれ考えすぎて言いたいことが言えなくなってしまう自分の性格は、社交的な母親より父親に近いのだと思った。

それに気付いて見えてきたのは……

「父はいつも自信を持って仕事をしていました。もちろん上手くいかなくて苦労する時もありましたけど、それでも一緒に働く家族や社員を信じて、信念を持って働いていたんです」

古くからある酒蔵《さかぐら》とはいっても、ずっと変わらず同じ酒だけを造り続けて、商売が成り立つというものではない。

しかも日本酒は、生き物である麹《こうじ》を使って製造するため、時々の自然環境に影響を受けやすい面があるので、同じ味を守るだけでもそれなりの苦労はある。それゆえ、新商品の開発にも失敗が伴うことが多い。

だがどんな時でも、父の将志は現状を受け入れ、常により良い策を練ってきた。

そうやって真摯《しんし》に酒造りに取り組んできた父は、心の中に折れない芯のようなものを持っていた気がする。側にいた母や兄も、そうした父だから支えたいと思ったのだろう。

父が亡くなる少し前、兄と二人で造り出した新しい日本酒は、ワイン酵母と麹《こうじ》をブレンドして造ったもので、これまでの日本酒にはない軽やかな味が高い評価を得ていた。

諦めずに進むことで見えてくる世界はあるのだ。

そんな父が大好きだったからこそ、まずは父を見習うところから始めようと思う。

「ああ、それで企画書を再提出していたんだ」

その話を聞いて友奈が言う。

千春は今、ＴＵＹＵＫＡの仕事とは別の企業のホームページ作成も任されている。

といっても千春一人が任されているのではなく、指導も兼ねて上司と一緒に取り組んでいる案件である。企画書やプレゼンに必要な資料を、一つ一つチェックしてもらいながら作業を進めていた。

そうして念入りに準備を進めてきて、相手企業との打ち合わせを明日に控えたタイミングで、千春は新たな提案をしたいと申し出た。

今まで準備を手伝ってくれた上司には申し訳ないけれど、業務の一部を笹波企画に戻すと言った涼弥にヒヤリングをして、閃《ひらめ》くものがあったのだ。

それで週末、急いで新しい企画書を作り、それに必要な資料を準備し直したのである。

その企画書を上司が認めてくれて、明日両方のプランを相手企業に提出してみようと言ってくれた。

「今も色々悩んではいますけど、どれだけ頑張っても一足飛びに完璧な奥さんになるのは無理です。だからって、なにもできないままでいたくないから、まずは自分にできる仕事を全力で頑張ることで、父のような芯のある人間になりたいんです」

涼弥の立場を考えれば、千春がいつまで仕事を続けていられるかわからない。

それでも今、一生懸命仕事に取り組むことで、得られるものがあるはずだ。

「だから明日のプレゼンが終わったら、涼弥さんと今後についてちゃんと話し合うつもりです」

もちろんプレゼンの結果が、千春の望むようなものになるかはわからない。

それでも涼弥の意見を参考に全力で頑張ったという自信を一つ持ってから、彼とちゃんと向き合いたいのだ。

せっかく好きな人と結婚できたのに、いつまでもいじけているわけにはいかない。

千春がそう話すと、友奈が安心した表情を見せた。

「じゃあ、今まで以上に仕事を頑張らないといけないね」

そう言って友奈が立ち上がったので、千春も飲みかけのペットボトルを手に立ち上がった。

二人でオフィスに戻ると、先ほど休憩を取るように声をかけてくれた先輩が、こちらを見て「あっ」という顔をした。

どうしたのかと思っていると、先輩がメモを手に友奈に近付く。

「ちょうど良かった。今、笹波企画の望月さんって方から電話をもらったんだけど、いまいち要領を得なくて……」

そう話す先輩は、千春と友奈を見比べて「どっちに用事あったのかも、よくわからなくて」と、折り返すためにメモした望月の電話番号を差し出す。

その言葉に、千春と友奈は顔を見合わせた。

「とりあえず、私が電話してみるね」

そう言ってメモを引き取った友奈は、自分のデスクで電話を始める。

笹波企画の望月という言葉が気になって、電話の様子を見守っていると、友奈がやたらこちらに視線を向けてくる。

気になって彼女の席に近付くと、保留ボタンを押した友奈が千春に言う。

「千春ちゃん、夏頃に二人でご飯食べた時、私の大学の先輩に絡まれたのを覚えている？」

こちらに確認してくる友奈に、千春はもちろんだと頷く。

友奈には話していないけど、彼女とは、その後、涼弥といる時にも顔を合わせている。

千春が頷いたのを確認して、友奈は困惑の表情を浮かべたまま続ける。

「その先輩が、今、ウチの会社の下まで来てるの。それで、千春ちゃんを呼べって言ってるんだけど……」

言葉尻を中途半端な疑問形にしながら友奈が言う。

下手に無視すると、後々友奈が面倒な思いをするかもしれない。

「その先輩って、私が今ＴＵＹＵＫＡの仕事を担当している件で、なにか話があるのかな？」

絶対に違うだろうけど、少なくとも、そういうことにしておいた方がいいだろう。

覚悟を決めて、千春は望月の呼び出しに応じることにした。

付き添いを申し出てくれた友奈の気遣いを断り、千春が一人で一階のロビーに下りると、ソファーが置かれているフリースペースに望月の姿を見つけた。

「お久しぶりね」

千春が歩み寄るのに合わせて立ち上がった望月は、顎《あご》を上げてこちらを見下すような視線を向けてきた。

「なにかご用でしょうか？」

警戒心を働かせつつ問いかける千春に、望月が意地の悪い表情を浮かべる。

「ええ……貴女に渡したいものがあって」

勝ち誇ったように笑う望月は、前に踏み込んで千春との距離を詰めてきた。

それにより、彼女が身につけている香水の香りが鼻先をかすめる。

記憶に新しいその香りに千春がハッと息を呑むと、望月は満足そうに口角を持ち上げた。

そんな彼女の唇を彩《いろど》るのは、ローズウッドの口紅だ。それを見て、涼弥のスーツについていた口紅の主が誰だったかを理解する。

彼女の口紅の色に気を取られている間に、望月がカバンから見覚えのある万年筆を取り出した。

「これ、涼弥さんに返しておいていただける？」

そう言って彼女が揺らすのは、涼弥がなくしたと話していた万年筆だ。

「ご丁寧にありがとうございます」

何故彼女がこれを持っているのかと内心首をかしげつつ、頭を下げて手を差し出す。

千春の手に万年筆を載せた望月は、喉の奥でククッと笑って囁《ささや》く。

「一昨日《おととい》、涼弥さんが私の部屋に忘れ物をしたの。貴女に、その意味がわかるかしら？」

唐突になにを言い出すのだ。

万年筆を握りしめて、千春は相手を睨《にら》んだ。

「それはおかしいですね。一昨日《おととい》、主人は会社の用事で出かけていたはずですけど」

最初に遭遇した時から、この人にはいい印象を持っていなかった。そんな人の言葉より、自分は涼弥の言葉を信じる。

自分を奮《ふる》い立たせて反論すると、望月は馬鹿にしたような顔で言う。

「可哀想に。彼に騙《だま》されていることにも気付いていないのね。彼、私には貴女のことをもう愛していないって話していたわよ」

そう嘲笑《あざわら》ってくる望月の言葉に、一気に頭の芯が冷えてくる。

涼弥のスーツに口紅の跡を見つけた時から、おぼろげな悪意を感じていたけど、こんな小細工までして彼女は仕事中になにをしているのだか。

「主人は、そんな不誠実な人じゃありません。彼がどんな人かも理解しないで、勝手なことを言わないでください」

強気な眼差しを向ける千春に、望月のこめかみが微かに震えた。

そこに彼女の動揺が見て取れて、千春の怒りが増す。

「私が嘘をついているって証拠がどこにあるのよっ！」

険しい表情でなおも言い募《つの》る望月の声は、微かに震えている。

冷静に考えて、涼弥が彼女に友好的な態度を示していなかったことは誰の目にも明らかだった。

それに気が付いていないのは、おそらく彼女一人だけだろう。

望月が現実を見ずに生きていきたいのであれば、それはそれで構わない。だけど、それに涼弥を巻き込むことは許さない。

「彼が選んだのは私です」

身長差のある彼女をまっすぐに見上げて、はっきり宣言する。

その瞬間、望月がグッと奥歯を噛んだ。

相手が怯《ひる》んだ隙に、千春はそのまま言葉を続ける。

「貴女がどんな人なのか、興味がないので知りたいとも思いません。ただ五十嵐涼弥がどういう人かを考えれば、貴女が嘘をついているのだとわかります」

望月が傷付けたいのが、自分なのか涼弥なのか、またはその両方なのかはわからない。

ただ優しい涼弥のことだから、千春が彼女の嘘に傷付けば、きっと責任を感じるだろう。

そんな形で彼を傷付けるなんて、絶対に許さない。

強い思いを込めて睨《にら》むと、その気迫に押されたのか望月がたじろいだ。

悪意をぶつければ千春が簡単に泣くとでも思っていたのかもしれないけど、それは甘い。

こう見えても一乃華銘醸の家に生まれて、職人気質《かたぎ》で曲がったことの嫌いな父と、気の強い母に育てられたのだ。

大事な人を利用してこんな嘘をつかれては、逆に腹が立って肝が据わるというものだ。

千春は不快感を露《あら》わにして望月を睨《にら》みつける。

「な、なによ……」

「お話はそれだけでしょうか？　仕事中ですので、これ以上時間を無駄にはできないので戻ります」

最低限の礼儀として、一礼をしてその場を離れる。

そんな千春の背後で望月が「無駄って……夫婦揃ってなんなのっ！」と怒鳴《どな》っていた。

涼弥が彼女になにを言ったのか知らないけど、そんなふうに言われたということは、涼弥も自分と似た対応をしたのかもしれない。

――だとしたら、ちょっと嬉しいな。

そんな場合じゃないのに、つい頬が緩む。

望月の言葉に惑わされることなく、正しい判断ができたという証拠だからだ。

『千春ちゃん、一番最悪な結婚しちゃったね』

いつだったか友奈に言われた言葉を思い出す。

あの時は、『好きな人と結婚したのに、ずっと片思いし続けなくちゃいけないって、気持ちがどこにもいけないから失恋するより辛いよね』と続いた言葉に、頷くしかなかった。

だけどそれは少し違うと今はわかる。

気持ちがどこにもいけないいんじゃなく、彼の側を離れたくないのだ。

そしてその選択を不幸なものにしてしまうかどうかは、これからの千春にかかっている。

だとすれば、千春が自身の手で、この結婚を幸せなものにしていけばいい。そのためにも、彼に一方的に守られるままでは駄目なのだ。

胸を張って彼の隣に立っていられるよう、千春も成長しなくちゃいけない。

望月に宣言したとおり、涼弥が選んでくれたのは自分なのだから、その選択を後悔させないためにも強くなる。

望月から返された涼弥の万年筆を握りしめて、千春は決意を固めるのだった。

◇　◇　◇

次の日の朝、洗面所で顔を洗った千春は、鏡に映る自分と向き合って大きなため息をついた。

いつもより顔が赤いし、吐き出す息に熱を感じる。

頭が痛くて目が覚めたのだが、この気怠《けだる》い感じからして熱が出ているのだろう。

「頭痛い……」

左右のこめかみを強く押して、痛みをやり過ごそうとしたけれど、素直に鎮痛剤を飲んだ方が良さそうだ。

病弱というわけではないが、季節の変わり目には熱を出すことがよくある。

そして、こうなった時に無理をすると、かえって熱を長引かせてしまうのだ。

——今日は、大事なプレゼンがあったのに……

このプレゼンで全力を尽くし、自分なりに自信が持てたら、改めて涼弥とこれからについて話し合うつもりでいた。

しかし発熱している以上、出社すれば先方にも迷惑をかけてしまうため、千春の都合を押しつけるわけにはいかない。

とりあえず上司に状況を報告して、今日のプレゼンをどうするかの判断を仰ごう。

たぶん今日は休めと言われるだろうけど、キッチンで二人分の朝食を準備してくれている涼弥に心配をかけるわけにはいかない。

忙しい彼の手を煩《わずら》わせないために、いつもどおり仕事に行く支度をして、先に出勤する彼を見送ってから会社に連絡を入れよう。

それに化粧をした方が、顔色も誤魔化せる。

熱で鈍る頭をどうにか働かせて、そう判断した千春は、怠《だる》さを堪《こら》えて身支度を整えた。

「千春、今日ちょっと顔が赤い？」

しかしリビングに入るなり、朝食の準備をしていた涼弥にそう聞かれた。

目ざとく千春の変化に気付いた涼弥が、手を伸ばして熱を測ろうとしてくるので、思わず身を引いてしまう。

距離を取る千春に、涼弥が一瞬傷付いた表情を浮かべる。

「ごめん」

「ううん、ただメイクが取れちゃうと、嫌だから」

千春がそう説明すると、涼弥は素直に納得してくれた。

そのまま二人でいつもどおり食事をしながら、涼弥が千春に聞く。

「そういえば、ドレスの試着は、どうする？」

顔を上げると、ぎこちなく笑う涼弥と目が合った。

色々な感情に振り回されて延期した後、新たに試着の予定を決めていなかった。

「そうですね……」

熱でぼやけた思考で、どうしようか考えていると、涼弥がぎこちない表情のまま続ける。

「もし千春が気乗りしないなら、式を延期しようか？」

「え？」

思いがけない言葉に瞬《まばた》きをすると、涼弥はなんでもないといった感じで言う。

「大事なのは、この先も二人で仲良く暮らしていくことだから」

涼弥はそんなふうに言ってくれるけど、彼は喜葉竹グループの御曹司なのだ、披露宴《ひろうえん》をするために大きな式場を押さえているし、延期となれば体裁《ていさい》も悪い。

それを承知で、涼弥は千春の気持ちを優先しようとしてくれるのだろう。

「色々なことについて、きちんと話し合いたいんですけど、もう少しだけ時間をください」

熱のせいで視界が潤《うる》むのを感じながら千春は言う。

「……わかった」

涼弥は、千春の言葉に頷く。

その後は、熱があることを悟られないよう、視線を落として食事に意識を集中させた。


出勤する涼弥を見送った千春は、会社に連絡を入れ、メイクを落としてパジャマに着替え直した。

上司からは、今日のプレゼンは千春抜きで予定どおりおこなうが、千春が新たに提出したプランも提案しておくので安心して休養するように言われた。

病院に行くほどひどくはないので、市販薬を飲んで少し休めば熱も下がるだろう。水を飲んでいると、かたわらに置いていたスマホが鳴った。

画面を開くと、母の綾子からのメッセージが表示される。

親の勘とでもいうのか、メッセージはこちらの体調を気遣うものだった。

千春は『大丈夫。元気だよ』と嘘を打ち込む。

忙しいこともあり、もともと綾子はマメに連絡を寄越すタイプではなかった。

でも父が急逝《きゅうせい》してからは、定期的にこちらの体調を気遣うメッセージを送ってくる。

二年近く経った今でも、それは変わらない。

通夜《つや》の際、線香の火を絶やさないよう父に付き添う母は、何度も「お父さんと話したいこと、まだまだいっぱいあったのに」と涙ながらに呟いていた。

たぶん父も同じ気持ちだったはずだ。

不器用な性格で言葉数の少なかった父の方が、その後悔は多いのかもしれない。

千春だって、父に伝えられずに終わってしまったことがたくさんある。

そう思うと、好きな人と同じ時間を生きていることがどれだけ大事かわかる。だから後悔しないように、ちゃんと自分の思いを伝えなくちゃいけない。

——涼弥さんに話したいことがたくさんある。

涼弥のことがすごく好きで、この結婚をどれだけ幸せに感じているか。そんな彼に相応《ふさわ》しいと思ってもらえるように、頑張るつもりでいること。

そんなことを考えながら、千春はスマホを手に自室に戻った。

そしてそのままベッドに潜《もぐ》り込もうとして、ふと枕元のチェストに置いてあった万年筆に視線が留まる。

昨日、望月から渡された万年筆を、まだ涼弥に返せていない。

熱を出さなければ、今日のプレゼンが終わった後で、彼と色々話し合うつもりでいたので、その時でいいと思っていた。

なんにせよ、今は体調を回復させることを優先しよう。

そう言い聞かせて、千春はベッドに潜《もぐ》り込んで目を閉じた。

◇　◇　◇

「五十嵐部長は、ご結婚されているんですね。結婚生活で気を付けていることはありますか？」

何気ない感じで投げかけられた質問に、涼弥はつい相手の顔をマジマジと見つめてしまう。

よほど自分は奇妙な表情を見せていたのだろう、質問した相手がキョトンとした顔をしている。

涼弥の左手薬指の指輪に目が留まり、何気なく質問しただけで、深い意味はなかったのだろう。

「失礼。急に話しかけられて驚いてしまって」

苦笑してそう返すと、相手も「突然、プライベートな質問をしてしまってすみません。私も近く結婚するものですから、つい気になって」と言い訳のようなことを口にして、慌ててその場を離れていく。

涼弥はＴＵＹＵＫＡの広報部長として、広告に使う商品撮影の現場に立ち会っていた。今話しかけてきたのは、広告会社のスタッフだ。

――悪いことをしたな。

涼弥が妙な反応を示してしまったせいで、プライベートな質問をしてこちらの気分を害してしまったと思ったのかもしれない。

普段の涼弥は、そのくらいの質問を不快に思うことはなかった。ただ今朝、千春に神妙な顔で「色々なことについて、きちんと話し合いたい」と言われたせいで、妙な反応をしてしまった。

別にこれといった揉め事はないが、ここしばらく千春の様子がおかしかっただけに、なにを言われるのかと身構えてしまう。

千春の願いなら全て叶えてあげたいと思うが、もし離婚を切り出されたら、その願いだけは叶えてやれない。

彼女を幸せにしたい。その思いに嘘はないが、できることなら自分の隣にいてほしいのだ。

そんな自分の重すぎる執着心と向き合っていると、ふと望月のことを思い出した。

千春を貶《おとし》めるような発言をした彼女を許す気はないし、この先仕事で関わりを持つ気もない。だが、不愉快なことに、恋慕《れんぼ》の情に囚《とら》われなりふり構わない彼女の姿は、千春を思う自分の姿と重なるものがあった。

この異常ともいえる激しい執着心を知られたら嫌われるのではないかと不安で、結婚して三ヶ月経った今も、自分がどれほど長く彼女を思ってきたか伝えられずにいる。

でも、このままなにも伝えず彼女の気持ちが離れていってしまうくらいなら、自分の正直な思いを伝えた上で、もう一度プロポーズをし直すべきかもしれない。

なにがあっても、彼女を手放すことなんてできないのだから。

「……」

千春のことを思い深いため息を漏らした時、控えめな声で「五十嵐部長」と呼ばれた。

見ると、ビジネスバッグと紙袋を持った中年の男性が、こちらの様子を窺っている。

健康的な肌色をした男性の顔を確認して、涼弥は頭をビジネスモードに切り替えた。

「松永さん、ご無沙汰しています」

涼弥がそう声をかけると、笹波企画の松永は、安堵した表情でこちらに近付いてきた。

「社長から、こちらにいると伺ったので」

そんなことを話す松永が、涼弥に和紙で作られた紙袋を差し出す。

「これは？」

「京都で有名な和菓子屋の栗鹿の子《くりかこ》です。最近、五十嵐さんが和菓子にハマっていると社長から伺いまして」

そう説明する松永は、涼弥にこれを渡したくて出張帰りに、そのままこちらに立ち寄ったのだと話した。

最近、千春のために美味《おい》しそうな和菓子を見つけては購入していた。

松永は叔父であり社長である哲夫と親しいので、そのことを聞いていたのだろう。

「私というか、妻が好きなんですよ」

涼弥の言葉に、松永は表情をほころばせる。

「そうでしたか。可愛らしい見た目の上生菓子も入っていますので、ぜひ奥様と一緒に召し上がってください」

松永はさも偶然といった顔をするが、哲夫の入れ知恵があったに違いない。

それを気恥ずかしく思いながらも、ありがたく受け取っておく。

涼弥がお礼を言って紙袋を受け取ると、松永はさりげなく隣に立ち世間話を始める。

世間話といっても、動画配信などのプレゼンを近く開くので、そのためのリサーチだろう。

松永は勘のいい男なので、直接話すことで、こちらのニーズを読み取り、企画に反映してくるだろうことを承知しているので、涼弥は快《こころよ》く雑談に応じた。

話がひと段落したタイミングで、松永が切り出してきた。

「それと、以前までTUYUKAの担当をしていた望月ですが……」

不意に出てきた名前に無意識に眉をひそめる涼弥に、彼は一瞬唇に人差し指を添えてオフレコにしてほしいと合図してから言う。

「たぶん、退職すると思います」

思いがけない話に驚く涼弥に、松永が続ける。

「昨日、打ち合わせに出かけたきり、なかなか戻ってこなかったのですが、帰ってきた彼女を上司が注意したところ、感情的になって暴れまして……」

いわゆるヒステリー状態になった望月は、注意をする上司に近くにあったファイルを投げつけたのだという。

たまたま当たりどころが悪く、上司は眉間の端を二針縫《ぬ》う怪我を負ったそうだ。

望月はそれを謝罪することなく、「誰も彼も私をバカにして」と激昂《げっこう》したのだとか。

「他の社員から聞いた話では、彼女、投資でかなりの損失を出していて、それでも周囲には『補填《ほてん》するあてがあるから大丈夫』と嘯《うそぶ》いていたそうなんですが、その目論見《もくろみ》が外れたみたいで情緒不安定だったそうです」

笹波企画は望月の父親が重役を務める企業とも仕事の付き合いがあるので、扱いに困っていたそうだが、ここまでの問題を起こした以上、なにも口出ししてこなかったそうだ。

松永には何度か担当替えを頼んでいたので、自社の恥部を晒《さら》すことになっても、今後望月がTUYUKAや喜葉竹グループの仕事に関わることはないとはっきりさせたかったのだろう。その上で、彼は安心して企画を任せてほしいと話を結んだ。

望月の言う『補填《ほてん》のあて』というのが自分との婚姻なのだとしたら、かなり迷惑な話である。

涼弥が望月を突き放したのは先週末のこと。

昨日ヒステリーを起こしたというのであれば、彼女の歪《ゆが》んだ妄想を終わらせる最後の一押しをした人が、自分以外にもいたということだろう。

どこの誰かはわからないが、ありがたい話である。

◇◇◇

どこかでなにかの物音が聞こえた気がして、千春はぼんやりと目を開けた。

一瞬涼弥が帰ってきたのかと思ったけど、どこか別の部屋の物音が響いただけのようだ。

額を触ってみたら、薬が効いたのか熱は下がっていた。このまま涼弥が帰ってくるまでもう一眠りすれば、明日には出勤できるだろう。

——変な夢を見たな……

熱がある時はいつもそうだが、断片的で取りとめのない夢をたくさん見る。

特に今日は、寝る前に父のことを思い出したせいか、大事な人に大事なことを伝えられずに焦るといった内容の夢を繰り返し見た。

そのせいか、ぐっすり寝たのに疲労感が残っている。

かたわらに置いていたスマホを確認すると、上司からのメッセージが届いていた。

内容を確認すると、今日のプレゼンで、先方は千春が新しく出した企画を気に入り採用になったとのことだ。

思いがけずもらえたお褒《ほ》めの言葉に頬が緩む。

時刻はちょうど正午を過ぎた頃だ。もう一度寝て、起きたら涼弥にちゃんと自分の思いを伝えよう。

あれこれ悩んで伝えられずにいた思いを全部言葉にして、彼の側にいたいと伝える。

そんなことを思いながら、頭まで布団を引っ張り上げて目を閉じると、まだ少し体に熱が残っているのか、意識がすぐにまどろんでいく。

すとんっと穴に落ちるように眠りに落ちる途中、誰かの声が聞こえた気がしたけど返事をすることはできなかった。

再び眠りに落ちて見る夢は、相変わらず断片的で、それでいてひどく寂しいものだった。

涼弥とちゃんと話し合いたいのに、どこを探しても彼を見つけられない。

夢の中だから時間の流れはでたらめで、千春は大人になったり子供になったりしながら、記憶に残る様々な場所で涼弥の姿を探した。

幼い頃最初に出会ったホテルの庭園、ＴＵＹＵＫＡのオフィス、彼が乱入してきた見合いの席やこのマンション、記憶にある場所のどこを探しても涼弥の姿を見つけることができない。

どれだけ彼を探しても出会えず、焦りばかりが募《つの》る。

——涼弥さん、涼弥さん、涼弥さん……

会いたい人に会えない悲しさに、いつしか泣きながら彼の名前を呼び続ける。

そんな悪夢の中で苦しんでいると、誰かが千春の名前を呼んだ。

「……千春」

耳に心地よく響く声にぼんやりと目を開けると、すぐ目の前に一番会いたい人の顔があった。

「涼弥さんのこと、探していたんです」

どれだけ探しても見つけられなかった彼を、ようやく見つけた。

そう思ったら、悲しくもないのに涙が浮かんでくる。

「涼弥さん」

涙でくしゃくしゃに歪《ゆが》ませた顔を、大きな手で包み込まれる。

「お土産《みやげ》にもらった和菓子を置きに寄ったんだけど、なんとなく人のいる気配がして……ノックはしたんだけど……なにかあったのか？　熱がある？」

夢の中でやっと出会えた涼弥が、早口に千春の部屋にいる理由を説明する。

——涼弥さんは、夢の中でも律儀で優しいな。

自分の頬や額を撫でる彼の手の温もりに、先ほどまで抱えていた不安が一気に消えていく。

「これ、どうしてこれがここにあるの？」

千春の枕元に転がっていた万年筆に気付いた涼弥は、驚いた様子で千春と万年筆を見比べる。

溢《あふ》れる涙の意味をどう捉《とら》えたのか、千春の頬を撫でる涼弥が悲しげに眉根を寄せる。

「嫌な思いをさせたなら、ごめん」

でも千春は、望月の嘘に傷付いて泣いているわけじゃない。涼弥に会えたことが嬉しいだけだ。

夢の中でもいい。彼に会えたら、最初に言いたかった言葉がある。

「涼弥さん、大好き。ずっとずっと前から、子供の頃から好きだったの」

やけにリアルな涼弥の手に自分の手を重ねてそう言うと、涼弥が驚いた顔をした。

涙が滲《にじ》んだ目で彼の顔を見上げていると、涼弥が困ったように笑って言う。

「それは、こっちの台詞《せりふ》だよ。俺こそ、ずっと君のことだけを愛していたんだ」

涼弥は蕩《とろ》けるような微笑みを浮かべ、千春の髪を撫でる。

夢の中なのに彼の手の温もりを感じ、優しく髪を梳《と》かしてくれる感覚が、蕩《とろ》けそうなほど心地よい。

ずいぶんたくさん辛い夢を見たけど、その終わりは幸せで良かったと安堵して、千春は再び目を閉じた。

そうやって落ちていく眠りは、悲しい夢を見ることもなくただただ幸せな気分に包まれていた。

心地よい眠りをたゆたっていた千春が、喉の渇《かわ》きを覚えて再び目を開けると、驚くほど近くに涼弥の顔があって目を丸くした。

「りょ、涼弥さんっ!?」

慌てて上半身を起こすと、床に腰を下ろして自分の手を握っていた涼弥と視線が重なる。

「あの……これは………っ」

自分はまだ夢を見ているのだろうか。

先ほど夢うつつに彼の手に自分の手を重ねて、胸に秘めていた思いを口にした。

だけどそれは全て夢の中の出来事だったはず……

自分が寝ているのか起きているのかわからなくなって、混乱していると、膝立ちになった涼弥が千春を強く抱きしめてきた。

「千春、愛している」

自分を抱きしめる彼の温もりに、これは現実なのだと理解する。

ならば今こそ、自分も彼に思いを伝えようと口を開く。

「……涼弥さん」

彼の背中に腕を回し、愛の言葉を伝えようとした時、涼弥が肩を掴んで距離を開ける。

突然突き放されたことに驚く千春の背中と膝裏に腕を回し、涼弥は彼女の体を抱き上げた。

「えっ？　涼弥さん、あのっ！」

驚いて脚をばたつかせる千春に、涼弥が真面目な顔で言う。

「起きたなら、まずは病院に行こう」

「ちょっと体調を崩しただけで、風邪じゃないから大丈夫です。それに熱はもう下がりました」

慌ててそう説明したけれど、涼弥が聞き入れてくれる気配はない。

「それは、医師に診てもらってから判断する」

そう断言した彼の顔には、かたくななものを感じた。

「それに、話したいことも……」

今こそ思いを伝えるチャンスだと思ったのに、とつい恨みがましい声で言うと、チラリとこちらに視線を向けた涼弥が、「このままどうぞ」という感じでアイコンタクトをくれる。だけどいくら覚悟を決めたといっても、この状況はちょっと違う。

「バカ」

彼の胸に顔を埋《うず》めてそうなじると、涼弥が柔らかく笑った。

「そうだな。千春のことになると、俺はいつも冷静ではいられなくなるんだ」

そう答えた彼は、千春に視線を向けて「俺も千春に聞いてほしい話があるよ」と甘い声で付け足した。

◇◇◇

次の日の夜、シャワーを浴びた千春がリビングに戻ると、ソファーでくつろいでいた涼弥にグラスに注《つ》いだ水を手渡された。

昨日、たまたまお土産《みやげ》にもらった和菓子を置きにマンションに立ち寄った彼は、熱を出して休んでいる千春を見つけるなり、そのまま午後の仕事を休んでしまった。

さらに大丈夫と言う千春を病院に連れていき、熱は下がったと言っても夕食も作らせてくれなかった。そしてその過保護ぶりは、一夜明けた今日も続いている。

「水分をちゃんと取って、少ししたら熱を測ってね」

千春は立ったままの姿勢でグラスを受け取り、水を飲む。

風呂上がりの体に、冷えた水がいつも以上に美味《おい》しく感じられた。

「もう熱は下がりましたよ」

今朝も平熱だったし、夕方も再度熱を測らされたが問題なかった。だからもう大丈夫だと伝えているのに、涼弥はなかなか信じてくれない。

「念のためだ」

空《から》になったグラスを受け取った涼弥は、すかさず体温計を差し出してきた。

仕方なくそれを受け取ろうと伸ばした手首を、涼弥に引き寄せられる。

「あっ！」

不意を突かれてバランスを崩した千春が、小さく声を漏らした時には、もう涼弥の膝に抱き上げられていた。

「ひっかかった」

悪戯《いたずら》を成功させた子供のようにニヤッと笑った彼は、器用に千春の膝裏に腕を滑り込ませると膝の上で横抱きにする。

「……」

子供のように膝の上に抱え上げられた姿勢は不安定で、咄嗟《とっさ》に彼の首に腕を回してしがみつく。

すると涼弥は、キスをねだられたと思ったのか唇を重ねてきた。

突然の口付けに千春が赤面すると、涼弥は親指の腹で湿った千春の唇を拭う。

「もう熱は下がったんだろ？」

「はい」

「なら遠慮はしなくていいね」

そう言って涼弥はもう一度唇を重ねる。

「愛してる」

軽く唇を触れ合わせるだけのキスをして、涼弥が囁《ささや》く。

「私も……」

「私も、なに？」

恥ずかしさから言葉尻を濁《にご》すと、涼弥が顔を覗き込んでくる。

その口調は少し意地悪だ。

——意地悪……

そうは思うけど、千春としてもこの思いを口にできる状況が嬉しいのだ。

意を決して、昨日伝えそびれた思いを打ち明ける。

「私も、涼弥さんのことが大好きです。私にとって貴方は、初恋の人なんですよ」

その告白に、涼弥は驚いたように目を見開く。

昨日は結局、病院から戻った後、過保護な彼に休むように言われて、告白できなかったけど、今こそ思いを告げる時だ。

覚悟を決めた千春は、驚いた顔をする涼弥を見上げ、自分の正直な思いを言葉にしていく。

「涼弥さんは覚えていないかもしれませんけど、子供の頃、ホテルの庭で一人で遊んでいた私に貴方は『遊ぼう』って声をかけてくれたんです。その日からずっと、涼弥さんのことが好きでした」

その言葉に涼弥は、信じられない話を聞いたとでも言いたげに瞬《まばた》きを繰り返す。

もしかしたら、長年片思いをしてきた千春の気持ちを重く感じたのではないかと不安になる。けれど、まずは正直な自分の気持ちを伝えることから始めると決めたのだ。

グッと奥歯を噛みしめて彼の言葉を待っていると、涼弥が恐る恐るといった感じで口を開いた。

「え、だが千春は……俺以外の男と結婚しようとしていたじゃないか」

「だって、涼弥さんに不毛な片思いを続けるより、家族のためになる結婚をした方がいいって思って。涼弥さんと結婚できないなら、誰と結婚しても同じだと思ったんです」

とはいえ、そう思って受け入れたお見合いは、条件を裏切る最悪なものだったし、見合いをしたことで涼弥以外の男性の妻になるなんて無理だと痛感する結果に終わった。

そんなタイミングで彼に契約結婚を持ちかけられ、自分の身の丈《たけ》も考えずにその提案に飛びついてしまったのだ。

自分の至らなさを痛感して下唇を噛む千春に、涼弥は呆れたような息を吐く。

「だったらなんで、一乃華のことを俺に相談してくれなかったんだ？　俺は何度も『俺にできることがあれば……』と、声をかけていたのに」

その言葉に、今度は千春が目を丸くする番だ。

「だって、涼弥さんが社交辞令で言ってくれていると思っていたから、甘えちゃいけないって……」

相手は容姿端麗な上、喜葉竹グループの御曹司なのだ。

仕事で偶然再会しただけの自分なんかが、その言葉を鵜呑《うの》みにして、頼れるはずがない。

そう話すと、涼弥はまた大きく息を吐いた。

「バカな。仕事で再会したのだって偶然なんかじゃない。俺が千春に近付きたくて、無理矢理切っ掛けを作ったんだ」

「え……？」

驚く千春に、涼弥はマキマオフィスに仕事を依頼するに至った経緯を話してくれた。

「なんで、そんなこと……」

彼ほどの人がどうして、自分のためにそこまでするのかがわからない。

話が呑み込めないでいる千春に、彼がこともなげに答えをくれる。

「俺の方こそ、千春のことをずっと愛していたからだよ。たぶん千春が重いと感じるくらい、俺は君にやられている」

「え、いつから？」

千春の質問に、涼弥は「そうだな……」と少し考えてから言う。

「たぶん、ホテルの庭で、小手毬《こでまり》の花を散らして遊ぶ君を見た時から、俺は恋をしていたんだと思うよ。……さすがに、それが恋だと気付いたのは、だいぶ後になってからだけど」

涼弥の言うそれは、幼い頃、二人が出会った日のことだ。

そういえば以前、『初めて見た時も、着物姿が可愛くて、お人形のようだと思った』というようなことを話していたのを思い出す。

あの時は、見合いの時のことを言っていると思ったけど、そうではなかったらしい。

と言うことは、自分たちは知らずに、ずっとお互いを思っていたことになる。

「嘘……」

信じられないと目を瞬《またた》かせる千春に、涼弥が「夢みたいだな」と笑う。

「そ、それは困ります！」

やっと彼と思いが通じ合ったのだ。

この奇跡を夢で終わらせるわけにはいかない。

「確かにそうだ」

はにかむように笑った涼弥は、千春を強く抱きしめ唇を重ねる。

舌で唇を割り開き、互いのそれを絡め合わせた。そうして濃密な口付けを交わした涼弥は、千春の髪を撫でながら言う。

「最初にちゃんと告白すれば良かった」

自分の思いを正直に話すことで、千春に重いと思われるのが怖かった。そう呟く彼が、実は自分と同じ気持ちでいたことを知り、笑ってしまう。

千春がクスクス笑っていると、涼弥がなんとも言えない苦い表情を浮かべた。

そんな彼を愛おしく思いながら、千春は首を横に振る。

確かに気持ちがすれ違い、彼のことがわからなくてあれこれ悩んだ。自分に自信が持てず、こんな自分が彼の妻でいいのかと悩んだりもした。

けれど、だからこそ、見えてきた思いもある。

「遠回りをしたから、自分がどれだけ涼弥さんを好きか知ることができました」

優しくて完璧な涼弥に告白され、そのまま結婚していたら、自分は甘やかされるまま彼に頼りきっていただろう。

散々悩んで、自分なりに答えを出したからこそ、彼の妻として頑張ろうと覚悟を決めることができたのだ。彼が自分を選んだことを後悔しないよう、たとえ微力でも、彼を支えられる存在になろうと思うことができた。

この遠回りは、きっと千春の成長のために必要な時間だったのだ。

「涼弥さんがあまりに完璧で優しい人だから、本当に私が奥さんでいいのかなって、ずっと悩んでいたんです」

だから結婚式の準備に前向きになれずにいたのだと話すと、涼弥は驚いた顔をした。

そして千春の不安を払拭《ふっしょく》しようと口を開こうとしたけど、千春は自分から彼に唇を重ねることでその言葉を封じる。

「でも違ったんです。私は、私以外の誰かが涼弥さんの隣にいることが耐えられないんです。だから、貴方の妻に相応《ふさわ》しくなれるよう一生努力するから、絶対に私を手放さないでください」

そのためにも、今のように一方的に与えられるばかりの存在でいたくないと千春が話すと、涼弥は困ったように笑う。

「俺としては、俺なしじゃ生きられないくらい千春に頼られたいんだが。その方が、君を失う心配をしなくて済む」

彼がそんなふうに考えているなんて知らなかった。

でもその考えは間違っていると、千春は首を横に振る。

「楽をしたくて、涼弥さんと一緒にいるわけじゃないんです。一人でも生きていける強さを持った上で、涼弥さんと一緒にいたいんです」

そして、できることなら自分も彼に頼られる人間になりたい。

「そうか。わかった」

千春の覚悟を聞いた涼弥は、優しく笑う。

「私たち、これでやっと本当の夫婦になれましたね」

お互いの本音を曝《さら》け出すことができて、千春が満足した様子で言う。

「可愛いことを言ってくれる」

涼弥は嬉しそうに目を細め、再び唇を重ねた。

先ほど以上に濃密な口付けを交わすのに、それ以上先の行為に進もうとしないのは、千春の体調を気遣っているからだろう。

相変わらずとことん優しい彼を愛おしく思う。

だけど、長年思いを寄せていた人と気持ちを通じ合わせることができたのだ。

大人の女性として、疼《うず》く感情がある。

千春は涼弥の首に腕を絡め、彼の耳元に顔を寄せて小声で囁《ささや》く。

「あの……いいことしませんか」

「いいことって?」

驚いた表情で千春の言葉をなぞった涼弥は、悪戯《いたずら》な表情を浮かべて「散歩とか?」と言う。

それは夏の旅行で、寝室のダブルベッドを見て淫《みだ》らな妄想をしてしまった千春が、咄嗟《とっさ》に口にした言葉だ。

今さらそんなことを言われると、あの時の自分がなにを想像していたか、見透かされているようで恥ずかしくなる。

「バカ」

小さな声で彼をなじると、涼弥が擽《くすぐ》ったそうに笑う。

「ごめん。千春があまりに可愛いから虐《いじ》めたくなった」

彼女を抱きしめながら告げる。

「これでも必死に理性で抑えているんだ。そんなこと言われると、欲望を抑えられなくなるよ」

その言葉に、千春はコクリと頷く。

「じゃあ、我慢しない」

そう宣言した声は、男の色気に溢《あふ》れている。

艶《つや》のある彼の声に気を取られているうちに、再び唇が重ねられた。

互いの唾液を絡め合うような濃厚な口付けを交わすと、病《や》み上がりの千春の呼吸は簡単に乱れてしまう。

「……ふ………うっ」

唇を離す際、唾液に湿った唇をペロリと舐《な》められ、千春は肩を跳ねさせた。

その反応が気に入ったのか、涼弥は再度唇を重ね、千春を味わう。

同時に、千春の体を抱える彼の手が怪しげな動きをし始めた。

「――っ！」

パジャマの裾《すそ》から忍び込んできた手が、ダイレクトに胸を揉む。

湯上がりの肌に触れた手の冷たさに、千春が肩を跳ねさせると、涼弥が人の悪い笑みを浮かべた。

「ブラジャーしてないんだな」

それを再度確認するように千春の胸を揉みしだきながら「俺にこうしてもらうため？」と、からかってくる。

「違……っ」

普段から千春は、寝る時はブラジャーをつけない。

涼弥だってそれを知っているはずだ。

それなのに、涼弥はまるで窘《たしな》めるみたいに千春の耳朶《じだ》を甘噛みして「こういう時は、頷くものだよ」と囁《ささや》いた。

耳のすぐ側で聞く彼の声は、雄《おす》としての欲望を滲《にじ》ませていた。

そんな声で囁《ささや》かれながら、胸の先端を指で摘《つま》まれると、背中に甘い痺《しび》れが走る。

千春は下腹部に甘い疼《うず》きが生まれるのを感じた。

もどかしい疼《うず》きを持て余して顔を上げると、端整な顔をした涼弥と視線が重なる。それだけで顔が熱くなり、頭がクラクラしてきた。

「誘ってる？」

「……」

さすがに声に出すのは恥ずかしい。

熱に浮かされたような思いで、千春は無言で頷いた。

その反応を見て、涼弥がニッと口角を上げる。

「じゃあ、その誘いに乗るとしよう」

「……ズルい」

思わず抗議する千春に、涼弥は「今頃気が付いた？」と、楽しそうに笑う。

「俺はかなりズルい性格をしているよ。だから多少のズルをしてでも、欲しいものは必ず手に入れる」

その結果、今のこの状況があるのだと、誇らしげな表情で語る涼弥は、身を翻《ひるがえ》して千春の体をソファーの上に押し倒した。

「千春」

いきなり体勢が変わったことに驚く千春の名前を、涼弥が呼ぶ。

その声に顔を上げると、自分を見下ろす涼弥と目が合った。

腕をついて体重を加減しながら千春に覆い被さっている涼弥は、いつも以上に優しい眼差しをしている。

その表情を見れば、彼が千春と思いが通じたことを心から喜んでいるとわかる。

「涼弥さん」

彼と視線を重ね、胸に湧く感情を込めて名前を呼ぶ。

すると彼は千春の額に口付けをし、まだ湿り気の残る髪を手櫛《てぐし》で整えた。

優しく触れる彼の指が、千春の顎《あご》を捉《とら》えてそのまま唇を奪う。

慈《いつく》しみながらもこちらの劣情を誘う彼の動きに、すでに溺《おぼ》れそうになっている千春だが、ここで行為に及びそうな雰囲気を感じ取り慌てる。

「あの、涼弥さん……」

さすがにここでするのは恥ずかしいと、涼弥の胸を押す。

だけど明確な力差があるので、千春がそんなことをしても彼の体はびくともしない。

それどころか、彼は恥じらう千春の姿を見て楽しんでいるようだ。

「愛してる。絶対に離さない」

千春の制止には気付かないフリをして、涼弥は甘く囁《ささや》き唇を重ねる。

「私も、……愛しています」

照れつつも自分の思いを口にすると、涼弥は「ありがとう」と微笑み、千春のパジャマのボタンを外していく。

ボタンを全て外されると、ブラをしていないので彼に胸を晒《さら》す形になる。

「涼弥さん……ここでは」

千春は、恥ずかしさから咄嗟《とっさ》に身を捩《よじ》って前を隠そうとした。

だが涼弥の大きな手が、千春の肩を押さえて動きを止める。それならばと、パジャマの前を合わせようとするが、彼に手首を掴まれてその動きも阻《はば》まれてしまった。

「隠さないで、千春の全部を俺に見せて。やっと心が通じ合えたんだから」

手の甲に口付けられ、両手を纏《まと》めて頭の上に押さえつけられてしまう。

「……っ」

恥ずかしいけど、そんなふうに言われたら、拒《こば》むことができない。

千春から抵抗の意思が消えたのを感じ取り、涼弥は静かに口角を上げる。

「恥ずかしがる千春は、すごくそそられるよ」

艶《つや》っぽい声で囁《ささや》き、そのまま彼女の乳房に顔を寄せた。

「あんっ……ああっ……っ」

両方の胸の尖りを交互に舌で刺激されて、千春は切ない声を漏らした。

その声に煽《あお》られたのか、涼弥はねっとりした動きで胸に舌を這《は》わせていく。

舌で胸の先端を刺激されると、体にゾクゾクとした痺《しび》れが走る。

彼に抱かれるのはこれが初めてじゃないのに、誤解が解け、お互いの心を通わせた後では、感じ方が全然違う。

しかも今日の涼弥はなんだか意地悪だ。

上目遣いに千春の反応を確かめながら、舌で肌を刺激してくる。

見せつけるように唇から舌を突き出して胸の尖りを刺激される様《さま》は、ひどく艶《なま》めかしく千春の目に映った。

「あぁ……やぁぁ」

「千春、ちゃんと俺を見て」

恥ずかしさから目を閉じると、涼弥が名前を呼ぶ。

その声につい目を開けると、彼が見せつけるように舌と唇で千春の胸を愛撫《あいぶ》する。

「意地悪……」

切ない息を漏らしながら千春が抗議すると、一瞬胸から顔を上げた涼弥が言う。

「そんな色っぽい顔で抗議されても、もっと虐《いじ》めてほしいっておねだりされているようにしか聞こえないよ」

「そんなこと……」

今自分がどんな顔をしているのかわからないけど、そんなふうに言われると、逆らうこともできない。

「千春」

名前を呼ばれ、その声に応《こた》えるように視線を重ねると、涼弥が舌での愛撫《あいぶ》を再開させる。

視線を合わせた状態での愛撫《あいぶ》はひどく淫《みだ》らで、身も心も彼に支配されているような気持ちにさせられる。

しかも彼は、的確に千春の弱い場所を攻めてくる。

痛みを感じるほど強く吸われた胸を、すぐに唾液を絡めた舌でねぶられると、甘く痺《しび》れるようなムズムズした感覚が下腹部に広がっていく。

——恥ずかしいのに……

煌々《こうこう》と明かりがついたリビングで行為に及ぶのは恥ずかしいはずなのに、いつも以上に感じてしまう自分がいる。

千春は甘い声を漏らし、無意識に腰を捻《ひね》ろうとする。

だけど彼に覆い被さられているので、どうすることもできない。

「千春の胸の先、硬くなってるよ」

「あっ」

左の胸の先端を甘噛みされると、堪《たま》らずソファーの上で踵《かかと》を滑らせた。

千春のその動きを合図にしたように、涼弥は彼女のパジャマのズボンを下着と纏《まと》めて脱がせてしまう。

「千春、胸が気持ちいい？　もう濡れているよ。下着が糸を引いている」

「……ッ」

その自覚はあったけれど、それを言葉で指摘されるのは恥ずかしい。

こんな場所で感じてしまう自分は、かなり淫乱なのではと思えてしまう。

「涼弥……さんベッド………で」

リビングのソファーは、海外メーカーのものでかなり広い。

それでも涼弥と二人で横になると、それなりに窮屈《きゅうくつ》で、落ちてしまうのではないかと不安になる。

下肢が晒《さら》され、ソファーの生地《きじ》が肌に直接触れるのを感じて、羞恥《しゅうち》を抑えられなくなった千春がか細い声でお願いをする。

すると涼弥は、押さえていた両手を解放してくれた。

覆い被さっていた上体を離し、千春が起き上がるのを手伝ってくれる。

だから続きは寝室でおこなうのだと安堵した千春に、涼弥は癖のある笑みを浮かべて言う。

「もちろん、ベッドでも愛し合うよ」

「え……」

微妙に違う言葉のニュアンスに戸惑っている隙に、肩を撫でられ羽織っていただけのパジャマを脱がされてしまう。

咄嗟《とっさ》に腕を交差させ、肩を抱くようにして胸を隠す千春に、色気の漂《ただよ》う視線を向けながら涼弥も自分の服を脱いでいく。

露《あら》わになった涼弥の体は、思わず見惚れてしまうほどたくましく引き締まっている。

その姿に気を取られていると、左右の手を掴まれ、それぞれの手で自分の足首を持つよう促《うなが》された。

「こうやって、自分で足首をしっかり掴んでいるんだ」

ソファーを下り、床に膝をついた涼弥は、上目遣いで千春に命じる。

「え、あ、だって……」

彼の支配的な眼差しに射貫かれて、言われるままに足首を持った千春だけど、すぐに自分がかなり恥ずかしい姿勢を取らされていることに気付く。

なのに涼弥は、彼女の内ももに自身の手を添えて、さらに大きく押し広げてきた。

そうされると、姿勢が不安定になり背中をソファーの背もたれに預ける形となり、彼の眼前に恥部を晒《さら》すことになる。

「あ、やっ……ッ」

「手を離しちゃ駄目だよ」

千春の動きを察して涼弥が命じてくる。

そして「これは、罰なんだから」と付け足した。

「罰……？」

彼がなにを言っているのかわからない。

そんな千春を涼弥は軽く睨《にら》む。

「どうしようもなく、俺を夢中にさせるから」

そう言って内ももに口付けをされると、ゾクゾクした痺《しび》れに襲われる。

それでも涼弥に命じられているので、足首から手を離すことはどうにか堪《こら》えた。

素直な千春の姿に、涼弥は満足そうに目を細める。

「……意地悪っ」

思わず彼をなじるけれど、涼弥には褒《ほ》め言葉にでも聞こえるのか「まあね」と薄く笑う。

「言っておくけど、俺は決して優しい人間じゃないよ。俺が優しくしたいのは、千春だけだ」

そう言ってももに口付けをして、舌を陰唇へと這《は》わせた。

「あっ！」

敏感な場所に彼の舌が触れ、千春が肩を跳ねさせる。涼弥は満足そうな息を漏らし、舌での愛撫《あいぶ》を続けた。

「だけど、恥ずかしがりながら悶《もだ》える千春が可愛すぎて、今はあまり優しくできないな」

そう言って涼弥は、指で押し広げた奥に舌を這《は》わせてくる。

襞を舐《な》められ、膣口の浅い場所を舌で擦られた。

それだけで、視界にチカチカと白い光が明滅する。

明るいリビングで行為に及んでいる羞恥心《しゅうちしん》も手伝い、いつも以上に彼から与えられる刺激に従順な反応を示してしまう。

舌だけでも簡単に達してしまいそうなのに、さらに彼は長い指を二本、千春の中に沈めてきたので堪《たま》らない。

蜜を滴《したた》らせる膣口は、なんの抵抗もなく彼の指を受け入れるだけでなく、淫《みだ》らな刺激をねだるように彼の指に吸い付く。

ヒクヒクと痙攣《けいれん》する媚肉の動きに応《こた》えるように涼弥が指を動かすと、腰が小刻みに震えてしまう。

「あぁぁ……」

恥じらいも忘れて千春が嬌声《きょうせい》を上げると、涼弥が満足そうな息を吐く。

「いい声だ」

そう呟き、さらなる声を引き出そうと、指と舌で千春を刺激する。

指で媚肉を撫でられ、蜜を絡めた舌で肉芽を転がされると、思考はあっという間に気持ちいいという感覚に支配されていく。

「きゃ……ふぁぁぅ」

千春の弱い場所を知り尽くしている涼弥は、的確にそこを攻めてくる。

感じすぎてなにも考えられなくなっていく千春だけれど、彼の言いつけを守って足首から手を離すことはない。

そんなけなげな態度に気を良くして、涼弥はより淫《みだ》らに千春を乱してくる。

「あっ……やぁっ駄目っ」

散々刺激を与えられた末に肉芽をキツく吸われて、千春の体が大きく跳ねた。

意識が体を離れ、どこか遠くに飛ばされたような感覚に襲われる。

「もうギブアップ？」

甘い悲鳴を上げて、体を弛緩《しかん》させた千春を見上げて涼弥が聞く。

その問いかけに、声を発する気力もない千春は、カクカクと小刻みに頷いた。

足首を持っていることもできないくらい、ぐったりと脱力する千春の体を支え、ソファーに深く座るよう誘導してくれる。

「じゃあ、今度は千春が俺を気持ち良くして」

ソファーに座り直した涼弥が、息を乱して脱力する千春の耳元に顔を寄せて言う。

「え？」

千春が視線を向けると、涼弥は彼女の腰を抱えて自分の脚を跨《また》がせるように抱き上げる。

互いの肌を晒《さら》した状態でそうすると、先ほどの愛撫《あいぶ》でふやけた陰唇に彼のものが触れた。

この姿勢で硬く膨張した彼の熱を感じれば、初心《うぶ》な千春でも彼の求めていることがなにか理解できる。

「……」

それでも恥ずかしさからすぐには行動に出られずにいると、涼弥が乱れた千春の髪を整えながら言う。

「俺にも、千春に愛されているって実感させてよ」

「……ズルい」

そんなふうに言われてしまうと、どれだけ恥ずかしくても彼の求めに応じたくなる。

彼もその言葉で、千春の心がどう動くかなんてお見通しだったのだろう。

涼弥はそっと片方の口角を持ち上げて「知ってる」と返した。

その癖のある表情も、千春の心を捉《とら》えて放さない。

「意地悪です」

甘い声でもう一度彼をなじって、千春は涼弥の肩を掴んで体勢を調節する。

——涼弥さんにも、私がどれくらい貴方を好きか知ってほしい。

今まで、ひたすら彼に快楽を与えられるばかりだった千春としては、自分も彼を気持ち良くすることで、その思いを伝えたい。

愛する人と肌を重ねる行為は、そのための儀式なのだ。

彼にも自分の思いを伝えたくて、千春は角度を調整しながら腰を下ろしていった。

初めての体勢に体はひどく緊張しているのに、彼の舌と指で十分にほぐされた蜜口は、あっさり彼のものを呑み込んでいく。

彼の唾液と愛蜜を潤滑油《じゅんかつゆ》にして、彼が自分の中に入ってくる。

「あぁ……ぁっ」

欲望を滾《たぎ》らせた彼のものが、ツプツプと敏感な皮膚を押し広げながら進む。

限界まで熱を溜め込み、先端が硬く広がった彼のそれは、千春の膣を擦りながら奥へと沈んでいく。

一度達しているそこは敏感で、脊髄《せきずい》を焦《こ》がすような強烈な刺激に、千春は背中を仰《の》け反《ぞ》らせて喘《あえ》いだ。

身を焼くようなもどかしい熱に、うっすら涙目になりながら反応を窺うと、恍惚《こうこつ》の表情を浮かべた彼と目が合った。

「千春、気持ちいいよ」

髪を撫でられながらそんなことを言われると、彼をもっと喜ばせたくなる。

「涼弥……さんッ」

「そのまま、今度は少し腰を浮かしてごらん」

髪を梳《と》かしながら囁《ささや》く彼の言葉は、まるで魔法のようだ。

彼にそう命じられると、千春は躊躇《ためら》いなくその指示に従ってしまう。

「あっ……はい……っ」

もどかしい熱に身を焼かれながら、千春は膝に力を入れて腰を少し浮かせた。

同時に彼のものが自分の内側をずるりと摩擦する。

その刺激に千春が腰をくねらせると、涼弥が熱い息を吐く。

「千春、このまま自分で腰を動かして、自分で自分の気持ちいい場所を探すんだ」

「そ……そんな……」

涼弥を満足させたくて、こんな恥ずかしい体勢を取っているのに、そんなふうに言われると、自分がそれを望んでいるようでいたたまれなくなる。

それなのに、彼に見つめられ、体の内側にその熱を感じていると、ジッとしていることができなくなる。

「俺の腕の中で乱れる千春の姿を見せて」

羞恥心《しゅうちしん》と淫《みだ》らな欲望の間で動けずにいると、涼弥が耳元に顔を寄せて甘い声で囁《ささや》いた。

そうしながら、片手を二人の間に滑り込ませて、蜜でふやけた肉芽を指で転がす。

「あぁ……ぁっ」

不慣れな体勢で、これ以上ないほど敏感になっている肉芽を刺激され、簡単に達してしまう。

視界に白い光がチカチカと瞬《またた》いた。

そのまま崩れ落ちそうになる千春の体を支えて、涼弥が言う。

「さあ、もう一度腰を浮かせて、自分で下ろしてごらん」

与えられる刺激に、指先まで痺《しび》れて、全身が甘い熱で満たされていく。

彼を満足させるはずが、五十嵐涼弥という強烈な存在に意識の全てが支配され、なにも考えられなくなった。

肉芽を解放し、両手で千春の腰を支えた涼弥に促《うなが》され、千春は膝に力を入れて腰を動かし始めた。

「んっ……あぁ…………っはぁ」

彼に言われたとおり、腰を少し浮かせて落とす。

彼の硬いものが中を擦り、二人の結合部分から粘っこい水音が立った。

ぎこちないながらも、その動作を繰り返しているうちに、これまで彼に与えられてきた快楽とは異なる甘い痺《しび》れが千春の全身を満たしていく。

「千春」

名前を呼ばれて視線を向けると、彼と視線が重なった。

「あ……っ」

いつの間にか、自分だけ快楽に溺《おぼ》れていたことに気付き、急に羞恥《しゅうち》に襲われる。

すごく恥ずかしいはずなのに、乱れる自分を彼に見られている状況が、千春の心を甘く掻き乱す。

「あっ……やぁ………やっぱりムリッ」

初めての体勢で感じる羞恥《しゅうち》と快楽に、千春の脳は一気に混乱した。

慌てて彼から逃れようと身を捩《よじ》らせるけれど、涼弥が千春の腰をしっかり掴んでそれを許さない。

「こら、駄目だよ。もっと腰を動かして」

そう囁《ささや》かれると、彼に心を奪われている千春は拒《こば》むことができない。

涼弥はそのままグッと千春の腰を引き寄せる。

そうすることで生まれる艶《なま》めかしい摩擦熱に、千春は咄嗟《とっさ》に膝に力を入れた。だけどそれがまた新たな摩擦を生む。

脊髄《せきずい》を貫く艶《なま》めかしい刺激が千春を苛《さいな》んだ。

「はぁ……涼弥さ……ッや………ぁ」

背中を反《そ》らし天井《てんじょう》を仰ぐ千春が、切ない声を漏らす。

だけど涼弥はそんな彼女の腰を掴んで、さらなる揺さぶりをかけてきた。

彼を満足させるつもりが、あっという間に彼に主導権を握られている。

腰を支えていた手を、千春の臀部《でんぶ》に移動させ体を上下に揺さぶられた。

自重も手伝い、いつもより深い場所まで彼のものが沈み込んできて息が詰まる。

「あ、やぁっ」

切ない声で喘《あえ》ぐ千春は、腰の支えを失った心もとなさから無意識に彼の首に腕を回した。

涼弥にしがみついて、千春は切ない声を上げ続ける。

彼が力任せに上下に千春の体を揺らす度、彼のものが千春の中に存在を刻んでいく。

怒濤《どとう》の快楽に息をする暇もない。

快楽に支配される千春には、ソファーから落ちてしまわないよう彼にしがみついているのがやっとだった。すでに脚に力が入らず、涼弥に身を預けている状態なので、彼にされるがままだ。

「ふぁあっ……あぁっぁ…………ぁぅやぁぁッ！」

「ここが弱い？」

反応を見ながら千春の体を揺らしていた涼弥が、そう囁《ささや》いて同じ場所を集中的に突き始める。

口調こそ疑問形だけど、その動きには迷いがない。

「りょっ涼弥さ……もう……っ」

千春は髪を振り乱し、これ以上は無理だと、彼の肩を押して喘《あえ》ぐ。

「駄目だ。離さないよ」

千春の腰を揺さぶりながら涼弥が言う。

その言葉は、今この瞬間のことだけを言っているのではないだろう。

千春の体に己《おのれ》の存在を強烈に刻み込むことで、彼女の身も心も一生自分に縛りつける。

激しい独占欲を感じさせる彼の責めに、千春の体が悲鳴を上げる。

膣が強い収縮を繰り返し、腰がカクカクと小刻みに痙攣《けいれん》する。

彼に与えられる全ての刺激が気持ち良すぎて、姿勢を保つことができなくなった。涼弥の胸に身を預けて、淫《みだ》らな刺激をひたすら享受《きょうじゅ》する。

「あん……涼弥っ…………あぁ……もう…………っ」

腰を揺らされ、息を詰まらせながら千春が訴える。

「限界？」

そう問いかけてくる涼弥も、眉間に深い皺《しわ》を刻んで苦悶《くもん》の表情を浮かべている。

朦朧《もうろう》としながら千春が頷くと、涼弥は二人の繋がりを解いて、そのまま体を反転させる。

「キャアッ」

不意に姿勢が変わったことに驚いて、千春が小さな悲鳴を上げる。

彼女の体をソファーに押し倒した涼弥は、そのまま彼女に覆い被さり、限界まで膨張した欲望を再び沈めてきた。

十分にほぐれていても、彼のものが中を擦る感覚で視界が霞《かす》む。

「愛している」

涼弥はそう囁《ささや》き、唇を重ねながら腰を打ち付けてくる。

荒々しい律動が千春を支配して、彼に溺《おぼ》れていく感覚が心地いい。

「愛しています」

硬い亀頭に媚肉を擦られ、甘い痺《しび》れに意識を焼かれながら千春が言う。

愛している。離さないで——熱に浮かされたように同じ言葉を繰り返しているうちに、快楽の波に意識が呑み込まれていく。

「…………っぅはぁ……」

千春は愛の言葉を囁《ささや》く合間に切ない息を漏らす。涼弥はその喘《あえ》ぎ声をもっとねだるように、腰を動かした。

グチュグチュと卑猥《ひわい》な水音を響かせ、何度も腰を打ち付けられると、媚肉が淫《みだ》らな収縮を繰り返すのを止められない。

「あぁっ！」

限界を迎えた千春が、一際激しく腰を跳ねさせる。

すると涼弥は、快楽に脱力する千春の体をしっかりと掴んで、腰を打ち付ける速度を加速させていった。

彼に強く腰を打ち付けられた瞬間、熱い欲望が自分の中で爆《は》ぜるのを感じる。

その感覚に、千春は腰をぶるりと震わせるのだった。

それから二人でベッドに移動して、さらに何度も愛し合った後、涼弥は千春を抱きしめて言う。

「千春。愛している」

「私も、愛しています」

涼弥の首に腕を搦《から》めて、千春も素直な言葉を口にする。

そして再び彼と口付けを交わした千春は、彼の胸に顔を埋《うず》めて、愛する人に思いを伝えられる幸せを噛みしめた。

エピローグ　言葉で伝えておきたい思い

翌年の三月吉日。

都内にある式場の控え室で、身支度を終えてその時を待っていた千春は、ノックの音と同時に扉が開くのを鏡越しに見た。

「お、馬子《まご》にも衣装」

入室するなりお約束な言葉で茶化してくるのは、兄の俊明だ。

「失礼な」

振り返った千春がムッと拗《す》ねた表情を見せると、俊明は目尻に皺《しわ》を寄せて笑う。

「そうだな。よく似合っているよ」

その顔が父の将志と重なって見えて、千春は鼻の奥がツンと痛くなる。

涼弥の後押しもあり、一度離れた一乃華銘醸の顧客が戻ってきただけでなく、新たな顧客も獲得した兄は、仕事に追われているようで、この前会った時より少し痩《や》せて見える。

同時に当主としての貫禄《かんろく》も出てきて、父の若い頃に似てきたように思う。

「……」

「親父の写真、これにしたよ」

そう言って俊明が見せてくれたのは、一乃華銘醸の法被《はっぴ》を羽織り、胸を反《そ》らせて腕を組む将志の写真だ。

「お父さん、いい顔してるね」

厳《いか》めしい表情で写る写真の将志を撫で、心の中で亡き父に語りかけていると、再びノックの音が響いた。

「どうぞ」

勝手に俊明が返事をすると扉が開き、涼弥が顔を出した。

「俊明さんが、こっちにいるって聞いて」

そう言いながら部屋に入ってきた涼弥は、父親の代わりに千春と共にバージンロードを歩いてくれる俊明に改めてお礼を言って簡単な連絡事項を伝えている。

俊明の方も、改めて千春をよろしく頼むと、父親のようなことを言って頭を下げていた。それを見ていると、また鼻の奥がツンとしてくる。

「じゃあちょっと母さんの様子を見てくる」

腕時計を確認して俊明が言う。

母の綾子は、遠方から参列してくれた親戚の世話や、仕事関係で面識のある人への挨拶《あいさつ》に追われているのだとか。

「お母さんに、よろしく伝えてね」

千春は立ち上がって、俊明に将志の写真を返して頭を下げる。

涼弥もそんな彼女のかたわらに立ち、一緒に頭を下げた。

「親父はきっと、早くからこうなる未来を予想していたんだろうな」

二人の姿を見比べて、俊明がしみじみした口調で言う。

「……？」

子供の頃、涼弥と遊んでいたことで将志に厳しく叱られた経験のある千春は、怪訝《けげん》な顔をする。

涼弥も同じ気持ちらしく、困ったように笑いながら俊明に言った。

「それはないでしょう。将志さんは喜葉竹グループの経営方針や俺のことを、嫌っていたようでしたから」

彼の言葉に、俊明は笑いながら、それは大きな勘違いだと首を横に振る。

「親父は喜葉竹酒造の味を高く評価していただけに、喜葉竹が『酒造』の名を社名から外したことに対して『もっと酒造メーカーであることに誇りを持ってほしい』って怒ってたけど、嫌ってはいなかったよ。あと自分が経営者として器用じゃないことを自覚していて、それを歯痒《はがゆ》く思っていたみたいだ」

思いがけない言葉に驚いたのだろう。涼弥が目をぱちくりさせている。

そんな彼を指さして兄は、あっけらかんとした口調で続ける。

「それに親父が涼弥君にキツかったのは、君が千春の初恋の人だからだよ」

「え？」

何気なしに語られた言葉に、思わず間の抜けた声を漏らしてしまう。

「千春が幼稚園の頃かな、お前が寝た後で親父が酒を飲みながら『千春に初恋なんて百年早い』って、騒いでたもん」

その時を思い出しているのか、俊明が懐《なつ》かしそうに笑う。

自分たち兄妹には五歳の年齢差があるので、兄は千春の覚えていない昔のことをかなり詳細に覚えているらしい。

「え、でもお父さん、私には『女は早く結婚しろ』的なことをよく言ってたよ」

「それはお前に恋人がいないってわかっているからこその憎まれ口だよ。その証拠に、親父が生きていた頃は、千春に来る見合い話を全て握り潰していたくらいだからな」

初めて聞かされる話だけど、一乃華銘醸のポスターのモデルなどを務めていた千春には、時々見合い話が来ていたらしい。

中にはかなりの良縁もあったそうだけど、将志が「千春にはまだ早いっ!」と激昂《げっこう》して全て断ってしまったのだという。

「なにそれ……」

初めて聞かされる話ばかりで、呆れてしまう。

でも涼弥には思い当たる点があるらしく、顎《あご》に指を添えて呟く。

「確かに将志さんは、俺にはいつも喧嘩腰で接してきたけど、親父たちとは普通に話していたよな。それに言い方は厳しくても、酒造りに関する勉強会なんかの時は、的確な意見をくれたし」

「そういうこと。千春は二人目を諦めた頃にできた一人娘で溺愛していたから、涼弥君に取られた気がして警戒していたんだよ」

だから許してやってほしいと、俊明は涼弥の肩をポンポンと叩くと、綾子のところに行ってくると部屋を出ていった。

「お父さん、素直じゃないんだから」

部屋に残された千春が思わず呟くと、涼弥がクスクスと笑い出す。

「素直じゃないのは、千春もだろ」

確かに、両思いだったのに素直な思いを口にできなかったせいで、かなりの遠回りをしてしまった。

「……それは、涼弥さんも同じです」

自分一人のせいにされるのは心外だと、千春が睨《にら》むと涼弥は茶目っ気たっぷりに肩をすくめる。

「失礼な。俺は言葉で伝えられない分、ちゃんと態度で表していたつもりだよ」

確かにそうだ。

それなのに千春が、彼の優しさを変なふうに誤解して難しくしてしまっただけだ。

気まずくなった千春が視線を逸らすと、頬に柔らかな唇が触れた。

「でも俺は、そんな千春も愛おしいと思っているよ」

臆面《おくめん》もなく囁《ささや》かれる愛の言葉に、頬が熱くなる。

心から愛おしいと思える人に、惜しみない愛情を注《そそ》がれる状況は今でも慣れない。

それなのに涼弥は、千春の目を覗き込んで返事を待っている。

——こういう時の涼弥さんは、少し意地悪だ。

恥ずかしくて言えない言葉を、千春が口にするまでねだってくる。

「……私も貴方を愛しています」

照れつつも正直な言葉を口にすると、涼弥が蕩《とろ》けるような微笑みを浮かべた。

「……っ！」

そんな表情を見せられると、どんなに恥ずかしくても何度だって「愛している」と告げたくなる。

「千春、愛しているよ」

甘く掠れた声で涼弥が言う。

彼のその言葉に、今度は千春がはにかんだ笑みを浮かべた。

そしてどちらからともなく、唇を重ねる。

視線を合わせたまま彼の唇についてしまった口紅を千春が指先で拭うと、涼弥が照れくさそうに笑った。

なんだか悪戯《いたずら》の共犯者になったような気分で笑っていると、それだけで胸がいっぱいになる。

限りある人生で、こんなに愛おしいと思える人と出会い、両思いになれるなんて奇跡のようだ。

だからその奇跡が一生続くように、自分たちはこの先何度でも愛の言葉を伝え合っていくのだろう。

この作品に対する皆様のご意見・ご感想をお待ちしております。
おハガキ・お手紙は以下の宛先にお送りください。

【宛先】
〒150-6019 東京都渋谷区恵比寿 4-20-3 恵比寿ｶﾞｰﾃﾞﾝﾌﾟﾚｲｽﾀﾜｰ 19F
（株）アルファポリス　書籍感想係

メールフォームでのご意見・ご感想は右のＱＲコードから、
あるいは以下のワードで検索をかけてください。

アルファポリス　書籍の感想　検索

ご感想はこちらから

契約妻《けいやくづま》ですが極甘御曹司《ごくあまおんぞうし》の執愛《しゅうあい》に溺《おぼ》れそうです

冬野まゆ（とうの まゆ）

2024年 6月 25日初版発行

編集－本山由美・大木 瞳
編集長－倉持真理
発行者－梶本雄介
発行所－株式会社アルファポリス
〒150-6019 東京都渋谷区恵比寿4-20-3 恵比寿ｶﾞｰﾃﾞﾝﾌﾟﾚｲｽﾀﾜｰ19F
TEL 03-6277-1601（営業） 03-6277-1602（編集）
URL https://www.alphapolis.co.jp/
発売元－株式会社星雲社（共同出版社・流通責任出版社）
〒112-0005 東京都文京区水道1-3-30
TEL 03-3868-3275
装丁イラスト－御子柴トミィ
装丁デザイン－AFTERGLOW
（レーベルフォーマットデザイン－ansyyqdesign）
印刷－中央精版印刷株式会社

価格はカバーに表示されてあります。
落丁乱丁の場合はアルファポリスまでご連絡ください。
送料は小社負担でお取り替えします。

ISBN978-4-434-34038-3 C0093